2022 신춘문예 당선 평론집

2022
신춘문예 당선 평론집

정은출판

| 차례 |

2022 신춘문예 당선 평론집

숨겨진 작품의 진정한 가치와
의미를 일깨워 주는 평론

좋은 평론은 좋은 작품 선택에서 시작된다. 그리고 다음은 문장력이다. 본격적인 비평문은 선택된 작품을 통해서 발화되며 작품과 만남은 운명적이다. 평론은 독자들에게 정보를 제공하고 지식을 넓혀준다. 숨겨진 작품의 진정한 가치와 의미를 일깨워 판단에 통찰력을 더해 준다.

비평에 대한 답을 찾으려면 우선 작품에서 질문과 답이 담겨 있다 하겠다. 그것이 글의 시작점이 된다. 질문과 답이 작품으로부터 나오지 않고 다른 곳을 통해 나오면 비평은 미리 정해진 다른 이야기를 하려는 도구가 된다.

평론은 이론을 정확하게 적용하는 것이다. 그래서 작품의 심층으로 들어가는 연습이 필요하다. 강한 필연성의 힘을 찾아내는 것이다. 예를 들면, 영화 평론을 쓸 때 관객과 연대, 숨어 있는 메시지, 미학 등등으로 다양하게 분석할 수 있다. 연출자와 관객 간의 소통과 성장은 작품 분석을 통해 이루어진다. 어두운 사회의 현상, 즉 코로나19로 인한 암울한 현실을 조명할 때도 날카로운 분석 뒤에 감춰진 정겨움과 위로와 평화를 찾아내는 것이다. 평론가는 지속해서 작품을 찾아내고, 길러내는 중에 창작자와 감상자의 연결을 긴밀하게 하며 문화의 발전에 이바지하는 사람이다.

매년 신춘문예에 응모하는 작가들을 통해서 그 작품을 분석하고 우리 문학과 문화에 대한 현재를 조명하는 것은 당연한 연례행사다. 그 결과물을 누리는 독자는 풍부한 경험을 한다. 우리 문학과 문화의 현주소를 들여다보는 일이며 비평가의 섬세한 감각을 짚어 보며 그 작품의 의미와 가치를 터득하는 재미가 있다. 이를 통해 우리 문화와 삶에 지대한 영향 주는 밀도를 가늠해 본다.

〈2022년 신춘문예 당선 평론집〉은 선별된 훌륭한 평론들을 통해 평론의 스타일과 구성들이 발전하는데 크게 이바지할 것이다. 모쪼록 '평론이 무엇이냐?' 하는 문제를 놓고 고민하면서 본 작품들을 접한다면 코로나 이후 달라질 우리 문학과 문화의 미래를 위해 진취적인 도전을 시도하는 데 도움이 될 것이다. 이는 통시적 관점에서 광범위한 독서를 통해 평론으로 접근을 탐구하는 독자와 신춘문예에 응모하려는 사람들에게 유익할 것이다.

2022년 신춘문예 당선작가들에게 축하를 드리며, 훌륭한 작가들이 지속적이고 왕성하게 활동하기를 소망한다.

해마다 신춘문예를 통해 훌륭한 작가들을 발굴하는 신문사에 감사의 마음을 전한다.

2022년 1월
정은출판 기획실

2022 경향신문 신춘문예 당선 문학평론

황유지

(본명 황혜경)
경남 김해 출생
중앙대학교 문예창작학과 졸업
동대학원 문예창작학과 박사 수료
2022년 〈경향신문〉 신춘문예 문학평론 부문 당선
ujicrit@naver.com

하마르티아, 일하는 몸들의 운명

– 김숨, 『제비심장』[1]

황유지

1. 우리는 연루되었다

현재가, 미래를 위해 응전하는 우리의 반응과 방식을 문제 삼는다고 할 때[2] 김숨이 『철』 이후 다시 그 이야기를 꺼낸 것에 대한 동의는 쉬워진다. 지금 우리에게 무슨 일이 일어나고 있는가하는 문제가 문학 재현의 주제라면, 그에 대한 태도는 문학의 윤리로 이어진다. 어떤 문제가 역사적 시간 속에서 반복적으로 돌아온다면, 그것은 사건이 지닌 운명이 아니라 그를 둘러싼 조건과 결과가 반복적으로 구성되는데 따른 결과, 현상이기도 하다. 왜 『철』은 13년을 경유하고 『제비심장』으로 우리에게 돌아왔는가? 왜 아직 그것은 유효한 이야기인가? 그것

---

1) 김숨, 『제비심장』(문학과지성사, 2021), 『철』(문학과지성사, 2008)을 다룬다. 본문 인용은 『제비심장』으로, 쪽수만 밝혀 쓴다.
2) 푸코는 1973년 발표한 "세계는 거대한 정신병원이다"라는 글에서, "미래는 우리가 현재 일어나는 일에 반응하는 방식이고, 어떤 변동이나 의식을 진리로 변화시키는 방식이기도 하다. 우리가 미래의 주인이 되고 싶다면 기본적으로 오늘의 문제를 제기해야 한다"고 썼다. 오생근, 『미셸푸코와 현대성』, 나남, 2013, 52쪽.

은 자본과 노동이 우리에게 언제까지나 밀착되어 있기 때문이기도 하겠지만, 어떤 '현재'들은 되풀이되고 있다는 뜻이기도 하다. 그리고 이때 문학은 이 일에 '연루'된다. "일단 언어의 세계에 끼어든 이상", "모르는 척할 수는 절대로 없는 것이다."[3] 문학이 무엇을 발화할 때 그것은 독자와 함께 그 길에 기꺼이 들어섬을 뜻한다.

노동은 지금 사회에서는 그 모습을 단장하고 일과 삶의 균형을 개인의 역량에 맡기는 '워라밸' 같은 것들로 자못 은폐되어 있다. 우리는 대부분 일하는 사람이면서도 일을 노동으로 일컫기를, 일하는 사람을 노동자로 부르기를 망설인다. 우리에게 노동의 얼굴은 육체와 결부되어 '몸 쓰는 일'을 노동이라 부르기 주저하지 않지만, 지성이나 감성이 비중을 차지하는 일에 대해서는 몸의 이미지를 축소하려 한다. '노동자'란 단어는 법정 분쟁이나 실직 이직 등의 문제와 함께 서류 위에서만 낯선 용어로서 떠오른다. 그러니까 우리는 노동을 말함에 있어 그다지 육체성을 드러내고 싶어하지 않는다. 노동은 감추고 싶은 신체의 비밀처럼 언제나 주체로부터 얼마간 떨어져 뒤따라오는 셈이다. 인간의 필요와 욕구에 종속된 유용한 것의 생산이라는 측면은 고대 철학자에게 필연성의 노예가 되는 것을 의미했고, 그것이 폴리스의 정치활동이 요청하는 바에 힘입어 노동에 대한 경멸로 이어졌다는 것, 그로부터 노동하는 자는 노예의 속성을 껴안으며 주인의 자유를 담보하는 자로 규정되었다는 것과 같은 오랜 역사적 인식은 근대에 이르러 노동을 신성시 여기는 운명을 맞이하기도 했다. 그러나 급하게 한 사회가 성장가도를 달릴 때 노동자의 육체들이 기계로 치환되었던 역사를,

---

3) 장 폴 사르트르, 『문학이란 무엇인가』, 정명환 역, 민음사, 1998, 33~34쪽. 사르트르는 "꼼짝없이 연루"되어 있음을 가장 투철하게 의식하려 애쓰는 순간이야말로 앙가주망 engagement이라고 말한다.

11

그러면서 육체가 인격을 지워나가는 과정을 목도케 함으로써 노동의 차별화는 사라지지 않고 강화되었다. 그것은 인식에 꽤 고단한 그림으로 각인되어 우리는 육체를 홀대하거나 외면하는 방식으로 인격과 거리를 떨어뜨리며, 노동에 있어서의 육체는 다른 영역, 다른 누군가의 것이라고 구분하는 편을 택한 것일지도 모른다. 노동에 대한 멸시는 인류사를 통해 반복되고 있다.

김숨이 시차를 두고 발표한 이 두 이야기는 하나의 궤적 속에서 현상으로서 재현되는 우리의 일과 일하는 사람, 일하는 환경에 대해 반복하여 묻고 있다. 오늘은 어제와 무엇이 다른가? 달라지지 않았다면 왜인가? 이것은 곧 현재를 대하는 문학의 태도이기에, 문학의 존재론으로 이어진다. "세계는 오직 그것을 바꾸려는 기도 앞에서만 그 존재의 비밀을 드러내는 것이다."[4] 그러니까 이 글은 노동에 대해 말하려는 것이 아니다. 우리의 현재에 대해, 그것을 담아내는 문학에 대해 말하고자 하는 것이다. 누구도 일하지 않고 살 수 없으며 우리 중 누군가는 오롯이 육체를 통해 그 성과를 달성한다. 그리고 누군가는 그것을 쓴다. 우리는 모두 연루되었다.

2. 코러스

언어가 시적인 것이 될 때 그것은 기존의 의미망을 끊고 달아난다.[5] 시적 형식에 대한 이러한 이점은 『제비심장』으로 들어와 의도적 코드 끊기를 수행하며 노동소설의 기율을 벗고 달라진 노동 환경과 노동

---

4) 장 폴 사르트르, 위의 책, 315쪽.
5) 서동욱, 「앙가주망에 대한 단상」, 『익명의 밤』, 민음사, 2010, 167쪽.

주체를 돌아보게 하는 한편, 노동하는 우리 삶의 본질에 더욱 밀착된 사유를 부추긴다. 문학이 자유를 획득하기 위한 형식적 모험이라면, "말한다는 것은 행동하는 것이다."[6] 작가의 발화는 문학이란 형식으로 재현되고 인물의 행동은 작가의 행위가 된다. 이 소설의 발화는 그 형식이 심상치 않다.

> "뛰어오르고, 기어오르고, 춤추는 걸 배우고 와."
> 그래서 춤추는 것까지 배우고 찾아갔는데 죽고 없었어.
>   ─ 프리드리히 니체, 「중력의 0에 대하여」(34쪽)

> "종달새는 허공에서 죽었대."
> "어떻게 떨어지는지 몰라서."
>   ─ 쥘 쉬페르비엘, 『중력』(38쪽)

거대 철선의 구조물 조각인 '철상자' 안 노동자가 철학자와 시인을 말한다. 어째서 이 노동자들은 우리가 현실에서 마주하고 또 그것을 재현하는 노동소설에서의 화법을 완전히 비켜 서 있는 것일까? 노동의 서사가 반드시 리얼리즘을 따를 이유는 없으나, 그것은 재현의 윤리와 결합하며 미화하지 않는 방법으로서 노동에 대한 존중과 노동자의 고단함을 해치지 않는 핍진성으로서 최선의 서사기법이기도 하다. 그러나 김숨은 『제비심장』에 이르러 완전히 다른 차원의 발화를 노동자의 언어에 씌운다. 언어는 극도로 개별화되고 두뇌에 의존하는 지식 체계로서 구조화된 결과물이라 그들의 대화를 육체노동자의 아비튀

---

6) 장 폴 사르트르, 앞의 책, 30쪽.

스로 읽어나갈 수는 없을 것 같다. 해서 이를 그리스 비극의 구성요소
인 '코러스'로 독해할 때, 우리는 언어와 발화자 사이의 사회적 관계망
이라는 관념에서 놓여나 노동의 운명, 노동이란 세계의 운명으로 이
해의 기반을 옮겨갈 수 있다.

세계와 내가 결별하지 않았던 그때, 영웅적 주인공의 전유물이었던
비극은 이제, "태어나면서 모든 것을 잃"(289쪽)은 "하루살이"(68쪽) 노
동자들을 서사의 주인공으로 밀어붙인다. 그리고 그것은 고독한 개인
의 운명을 거슬러 집단을 대표하는 대리인의 위상을 획득하도록 인물
을 추동한다. 니체는, 비극을 인생의 고통과 무상함에 직면한 인간 삶
의 지속여부에 대한 고뇌의 발현이자 삶에 대한 정당화의 결과물로
보았다.[7] 이제 철상자는 하나의 커다란 무대가 되고, 끊길 듯 내뱉는
발화들은 노래가, 공중그네타기와 아슬한 발판 위의 종종걸음들은 춤
이 된다. 노동은 무대 위 극으로 전유되고 이들의 말은 지속되는 노동
의 고달픔과 삶의 정당성을 향한 질문이 된다. 그러나 안타깝게도 이
들의 춤, 그러니까 노동은 헤라클레스가 아우게이아스 왕의 마구간을
청소한 것과 같이 평가되지 않는다. 그것은 생을 유지하기 위한 반복
적 지겨움이 따르는 일상적 싸움일 뿐 영웅적 용기를 수반하지 않는
것으로 구분된다. 이 노동이 비록 목숨을 담보로 할지라도 헤라클레
스의 노동이 유일하다는 점에서 위대한 행위로 평가받는 것과는 같지
않은 것이다.[8] 이들의 노동은 반복되며, 얼마든지 다른 노동력으로 대
체될 수 있을 뿐이다. 이런 노동의 척박함에 대해 코러스는 묻고 답하
고 자조하고 위로한다. 코러스는 따로 또 함께 노래되지만, 나와 너의

---

7) 프리드리히 니체, 『비극의 탄생』, 박찬국 역, 아카넷, 2007, 99~100쪽.
8) 한나 아렌트, 『인간의 조건』, 이진우 역, 한길사, 2019, 189~190쪽.

구분은 사실상 무의미하다. 특별히 나를 내세우는 것이 아니라 노동력만이 증명이자 증거가 되는 노동현장의 특징은 개인을 독자적 인물로 기립시키지 않는 코러스와 성격을 나란히 한다.

이들에게 코러스는 노동요다. 과중한 노동일정 속 혼절과도 같은 가수면 상태에서 읊조리는 노래들은 너무 길지도 짧지도 않아야 할 호흡이다. 나를 잠에서 버티게 하면서 아직 내 옆의 동료가 추락하지 않았음을 확인하는 기술의 수사학이다. 바람도 나비도 시간도 없는 철상자 속 고소의 공포로부터, 아찔한 죽음의 공포로부터 그들을 버티어주는 주문이다.

> "노래가 멎으면 내 인생도 멈출 것 같아."
> "철상자 속 우리는 있으면서 없으니까."
> "그래서 우리의 죽음도 없어."
> "하지만 고통은 있어."(217쪽)

깊이 20미터에 달하는 철상자 안 허공에서 공중그네를 타고 내벽에 페인트를 입히는 여성노동자들은 크기가 맞지 않는 안전모 대신 시장 좌판에서 산 스카프를 쓰고 있다. 페인트와 시너에 오염된 몸들은 머리카락조차 제대로 보전하지 못한다. 용접공 옆에 붙어서 불티를 감시하는 눈은 별을 보고도 착시를 일으키고 가는귀는 먹었다. 생리는 오래전에 끊겼다. 시너로 망가진 손으로 손주의 여린 살갗을 만질 수 없어서 이들에게 "사랑은 나쁜 것"(157쪽)이다. 남편은 잔업을 마치고 나오다 심장마비로 죽었지만 "일하다 죽은 게 아니어서"(167쪽) 산재신청의 기회는 주어지지 않는다. 누군가 다치기라도 하면 경제적 부담만 가중시키는 존재가 된다. 이들에게 생은 '잃는 것'뿐이다. 그저 "더디게 평생에 걸쳐 식"(49쪽)고 있는 이들의 생명에 아무런 안전장치도 되지 못할 색색의 스카프는 이들을 한 마리 새로 만드는 연극적 장치가 된다.

코러스는 이 서사의 질문이다. 비극의 구성에서 코러스는 행동력이 없다. 노인과 여성들로 구성된 코러스는 극의 흐름에 영향력을 행사하지 않았다. 디오니소스 제의가 기본적으로 착란의 상태를 전제하듯 이들의 노래는 몽환의 상태와 겹치며 발화자인 노동자에게 응답의 책임을 지우지 않고 그 임무를 소설 바깥으로 던진다. 왜 이들은 노동으로 오염되고도 그 존재를 부정당기만 하는가? 왜 누군가는 더 많은 것을 감내해야 하는가? 50대와 60대를 훌쩍 넘는 여성노동자들은 철상자 속을 날아다니다 집으로 돌아오면 '일하는' 남편과 아들을 위해 밥상을 차리고 빨래를 하고 고무나무에 물을 줘야 한다. 잃어버린 앵무새도 찾아다녀야 한다. 생명을 낳고 유지하는 모든 일이 여성의 손에 의존해서 만이 지속된다. 육체의 고단함은 남녀에게 따로 있지 않고 노동에 대한 책무는 여성에게도 공정하게 부여되었지만, 가사노동의 책임만은 가정이라는 내부의 폐쇄성과 함께 고스란히 여성에게 전승되어 있는 것이다. 이런 육체의 "노고와 고통은 유기체가 죽어야만 끝이"[9] 나는 것일까.

> "날게 내버려둬. 못도, 나사도…… 철사, 발판, 페인트통, 호스, 스패너, 전동 드릴, 죽은 종달새, 안전모, 작업화, 그리고……" "얼굴."(46쪽)

---

9) 한나 아렌트, 위의 책, 186쪽.

철상자 속으로 날개 없는, 나는 법을 모르는 많은 것들이 부유한다. '죽은 종달새'는 동료이기도 하고, 다가올 이들의 운명이기도 하며 분신이기도 하다. 먼저 떠난 동료이자 죽은 신이다. 이들의 노동은 철로 거대한 배를 만들어내는 조형이다. 조형을 하며 만들어내는 몸의 이야기는 한 편의 비극으로 변주된다. 아폴론적 조형과 디오니소스적 춤과 노래가 이들의 몸을 통해 발현되고 그것은 감탄을 자아내는 아름다움이 아닌 차라리 범접할 수 없는 노동하는 육체의 비통을 엿보게 한다. 그들에게 너무 먼 이야기 같은 코러스는 의미를 모르고도 부를 수 있는 노래처럼 계급성을 지우는 한편 살아서도 죽어서도 끝내 중력과 싸워야만 하는 허공에서 죽은 종달새와 같은 이 운명의 비극성을 남긴다.

3. 그리고 육체들

"세상이 깻잎처럼 작네"
"저 작은 게 무서워서 손가락으로 건드려보지도 못했네"(34쪽)

'나'는 불을 감시한다. 그런 나를 누군가 또 감시한다. 감시가 일이 되고 '확성기'의 소리만으로도 한 체제는 굴러간다. 이것은 판옵티콘의 눈이다. 노동자들은 표어만으로도 자신의 할 일을 숙지하고 있다. 노동하는 육체에 대해서 작가는 『철』을 통해 먼저 말했다. 노동은 육체를 할 수 있는 한 구분 짓고 구획한다. 우리는 『철』을 통해 가장 소외된 육체에 대해 살펴볼 것이다. 끊임없이 영혼과 육체를 구분하던 착취의 근거는 육체들끼리도 구분하고 차별화하여 불화하게 한다.
가난한 마을에 조선소가 들어서자 남자들은 조선소 노동자가 되고,

쌀독에는 쌀이 그득히 차오른다. 모두가 조선소를, 철선을, 쇠를 우러른다. 조선소에서 일하려는 외지의 남자들이 마을로 찾아든다. 그러나 모든 남성의 육체가 조선소 노동에 투입될 때 '꼽추'만은 그 자격을 얻지 못한다. 그의 몸은 노동에 적합하지 않다고 규정되며 끝내 조선소 입성을 허가받지 못한다. 외지에서 왔지만 조선소 노동자가 되어 결혼까지 한 건장한 육체들과 달리 그의 존재는 계속 외부로 남는다. 꼽추는 조선소로부터 배제되었을 뿐 아니라 마을 사람들로부터도 멸시와 조롱의 대상이 된다. 조선소 노동의 성격은 그를 노동하는 몸으로서 비정상으로 규정하여 소외시킨다.

초기근대 자본의 신화적 속성과 그 이면을 그린 이 소설은 '가정독본'과 '보건소'라는 상징물로 움직이는 '조선소 마을'을 통해 생명관리통치의 모습을 재현한다. 임신, 임신 중단과 같은 출산율의 통제라는 목표는 기관의 독려 외에도 적합한 생산력을 출산하여 삶을 지속하고 부를 축적하고자 하는 개인의 욕망이 포개져 더욱 효과적으로 달성된다. 가부장제에 더해 산업화는 '힘' 있는 육체 선호에 정당성을 부여하고 그 선별에 유용한 도구가 된 것이다. 그리고 그렇게 투신한 노동의 현장은 다시 육체를 통제하고 차별한다. 경제적 이익의 효과적 달성을 위한 인구 통제와 그들 속으로 침투된 규율권력은 마을을 자동적으로 작동케 한다. 근대 이후의 권력은 제 몸을 감추는 쪽을 선택한 것이다.

마을의 넝마주이도 조선소 노동자가 되는 마당에 끝내 그 자격을 얻지 못한 꼽추는 다른 경로로 돈을 번다. 부는 비정상적으로도 축적할 수 있는 것이다. 이발소를 차린 꼽추는 '쇠틀니'를 만들어 팔기 시작한다. 이발소 의자와 치과병원 진료대는 그 생김도 유사하다. 그런데 생니를 뽑고 틀니를 박아 넣는 일은 어쩐지 의료행위라기보다 신체형을 연상시킨다. 망치나 펜치 같은 의료에 부적합한 도구를 사용하며 극한의 신체 고통과 낭자한 피를 동반한 이 행위는 이발소 전면의 거울을 통해 전시 된다. 이 형벌과도 같은 작업은 그에게 '입'을 저당 잡히고 마는 사람들 의 앞날을 예견하게 한다. 조롱을 뱉던 입은 처절하게 응징되는 한편으로 이제 틀니의 유지보수 즉 입의 관리는 꼽추의 손에 달렸다. 입은 자 연 인간으로서의 생명 즉 먹는다는 행위와 사회적 사람으로서의 생명 즉 발화의 행위를 담당하는 실용적, 상징적인 기관이다. 그런 입을 관리 하는 꼽추는 마치 음지의 관리인, 관료제 사회의 작은 통치자와도 같다. 음지에서 허가 없이 자행하는 그의 일은 후에 고리대금업으로 옮겨가 며, 또 다른 의미로 입을 틀어쥐게 되는 것이다.

가장 소외된, 그래서 가장 하위의 육체성을 지닌 인물로 꼽추와 함 께 말할 수 있는 인물은 '이경자'이다. 그녀는 조선소 노동자를 위한 창녀다. 도덕과 상관없이 생명관리의 수단들은 '먹고 살기', 노동이란 이름으로 이렇게 버젓이 존재한다. 여관에서 일을 치른 후 불을 켜고 이경자의 얼굴을 확인한 노동자들은 하나같이 경악한다. 그녀가 너무 도 늙은 창녀이기 때문이다. 그것은 자신의 몸이 그녀와 관계되었었다 는 의식의 환기가 불러오는 환멸의 순간이다. 자연적인 몸으로 태어났 지만 노동자의 육체는 이미 기계로서 복속되어 있다. 오직 이경자의 늙은 몸을 확인하는 그 순간만이 온전히 자신의 몸을 반추할 찰나의 기회로서 번뜩인다. 그렇다면 왜 하필 경악할 정도로 늙은 창녀일까? 그것은 아마도 이경자의 몸이 출산 능력이 없기 때문에 관리수단으로 서의 유용성을 획득한다는 뜻이기도 하다. 그녀가 출산 능력이 있다면 조선소 마을의 통치 체제는 그녀에게 몸을 파는 노동을 허락하지 않 았을 것이다.

인격이 아닌 노동력으로 치환되는 이들의 몸은 하나의 '힘'으로 환원된다. 그리고 그 속에서 또 다시 육체들은 등급으로 분류되고 소외되는 것이다. 이런 육체는 때로 자신의 의도나 의지와 상관없이 진짜 권력의 가림막이 되기도 한다. 철선의 주인일지도 모른다는 소문을 즐기는 꼽추, 결혼하지 못한 노동자들의 욕정을 풀어주는 늙은 창녀 뒤로 숨은 얼굴은 따로 있고 이들의 육체는 점점 더 자신의 온전한 그림자와는 멀어진다. 실체 없는 철선의 주인은 영원히 살고, 마을은 녹이 스는 쇠와 운명을 같이한다. 그들의 입속에 들어앉은 쇠틀니도 녹슬어간다.

4. 0의 그림자

"우리가 사람이 되면 망치들이 경악할 거야."
"우리가 사람이 되면 가위들이 놀라 얼어붙을 거야."
"우리가 사람이 되면 사람은 다른 존재가 돼 있을 거야."(293쪽)

식사나 휴식을 충분히 취하기에는 철상자를 오르내리는 시간과 수고가 만만치 않다. 공중그네 위의 페인트공들, 철선벽에 발판 작업대를 설치하는 발판공들은 차라리 그 위에서 크림빵으로 끼니를 때우고 쪽잠을 자며 잘 들리지도 않는 대화를 주고받는다. 정규직 조선소 노동자, 하청업체 파견 노동자 그리고 하청업체가 재하청을 준 물류팀으로 구분되는 이 노동 현장에서 대부분의 인물들은 물류팀에서 고용한 일용직 노동자로 일하고 있다. 이들은 스스로를 '하루살이'라고 부르는데, 이들의 고용이 오직 하루만 약속된 것이기 때문이다. 하루살

이들은 '일당'을 받고 일한다. 일당을 받는다는 것은 인건비의 지출을 줄일 수 있게 움직이는 것만이 자신의 경쟁력이 된다는 것을 뜻한다. 노동생산성은 노동 자체가 아니라 노동자의 힘, 노동력의 잉여에 있다는 마르크스의 말은 이들의 '일당'노동에도 들어맞는다. 이들은 철저히 자신의 육체, 그 힘을 동력삼아 '오늘'만을 생산하지만 서로의 경쟁력이 서로를 '잉여'로 떨어뜨리는 역설의 운명을 가진다. 그마저도 연속성을 기약할 수 없는 '오늘'과 '오늘'만이 반복될 뿐이다. 이들에게 노동은 아이러니다. 같은 일당을 받아도 더 빨리 일을 끝내면 하청의 이익은 커진다. 그래서 물류팀 반장은 늘 말한다. "뛰지 마, 오늘 안으로 끝내야 해."(61쪽) 뛰다가 산재를 내는 것, 그것은 회사의 명예에 누를 끼치는 일이며 회사의 이익에 구멍을 내는 짓이다. 그러니 서두르지 말 것. 그러면서 인건비 지출을 줄여 업체의 이익을 도모할 것. 그러면 당신은 좋은 노동자이니 하루 더 일을 할 수 있게 해주마하는 저의가 '오늘 끝내라'에 담겨있다. 이들의 고충은 업무기량으로만 충당할 수 없는 것들도 있다. 오늘을 얻기 위해서는 부당한 요구들도 감내해야만 하는 것이다. 거부는 오늘을 약속하지 않는다.

"0은 구멍이야." "0은 거울이야." "0은 없음."
"0을 아무리 들여다봐도 아무도 없어."(250쪽)

삶은 노동과 일체화되어 그렇게 노동만이 이들의 삶의 전부가 된다. "못에 대해 가장 잘 아는 것은 벽에 못질을 할 때이며, 벽에 대해서 가장 잘 아는 것도 거기에 못을 박을 때"[10]라는 하이데거의 말을 빌리자

---

10) 장 폴 사르트르, 앞의 책, 315쪽.

면, 노동자가 자신의 존재를 세계에 각인시키는 일은 노동을 하는 순간 혹은 노동을 통해서여야 한다. 그러나 그렇지 못한 경우들이 이 소설 안과 밖에 많이도 있다. 안타깝게도 그들은 죽음, 그 빈 자리를 통해서만이 존재를 확인받기도 한다. 가장 나쁜 것은 그런 죽음조차 은폐되는 것인데, '0'이라는 무사고, 무사망 등의 숫자는 동시에 이들의 존재에 대한 가능성마저 말소하는 좌표로 수렴되고 만다. 이런 죽음이, 공동체를 극복하고 개인의 고유성을 존립하는 일이 된다고 할 때 노동자 개인의 투신은 더욱 고독하고 숭고해진다. 그러나 이런 숭고 이전에 존엄은 생의 전면에서 이루어져야 마땅한 것이다. 그래서 크레인 위의 '정씨'와 같은 이는 끝내 고공에 버티어 서있다. 사회의 가장 낮은 자리, 외부에서는 결코 보이지 않는 철상자 안이 아니라 저 드높은 곳에서 '보이길' 원하는 정씨의 시위는 현실의 그들에 대한 재현을 넘어선다. 결국 그것은 노동이자 행위로서 존재의 확인을 요청하고 있는 것이다. 누구에게나 삶은 죽음을 껴안고 있는 것이지만, 이들에게 죽음은 유독 가시화되어 있다. "시계에는 시침도 분침도 초침도 없"(76쪽)고 동료는 자주 "넷이 들어"가서 "셋이"(75쪽)되곤 한다. "일하다 죽기도"(167쪽)한다는 말을 태연하게 뱉을 수 있는 것은 그것이 조선소, 노동 현장의 비밀, 누구나 아는 비밀이기 때문이다. 타자의 죽음이라는 사건은 나의 죽음이다. 타인의 죽음을 내가 인수하며 이전의 나는 소멸하고 다른 나로 거듭난다는[11]말을 떠올릴 때, 그런 죽음은 살아있는 순간에는 기회조차 없다가 생성되는 노동자의 연대의식이 어떤 박탈들을 통해 형성된 잔혹하고 옹골찬 것일지, 고개 숙이게 된다. 그리하여 『제비심장』의 노동자들은 자신의 육체만이 노동을 지

---

11) 장-뤽 낭시, 『무위의 공동체』, 진은영, 『문학의 아토포스』, 그린비, 2015, 232쪽.

속할 생산의 힘임을 알고 온전히 오염되어 가면서도 동료를 위해 기도하고 싶어한다. 그러나 그들은 추락하는 법을 모르듯 기도하는 법도 모른다.

5. 데우스 엑스 마키나 deus ex machina[12]

"우리는 우리가 볼 수 없는 걸 만들어."
"우리는 우리가 만질 수 없는 걸 만들어."
"우리는 우리가 사랑할 수 없는 걸 만들어."(94쪽)

자본주의에 대한 마르크스의 비판은, 세계의 사물들은 일단 인간에 의해 생산된 이후에는 인간의 삶과는 무관해지고, 인간의 삶으로부터 소외된다는 점이었다.[13] 노동자가 생산물에 대해 낯설어지는 이 자본주의의 허상을 김숨은 끝내 볼 수 없는 '철선'에 대입한다. 『철』에서 그것은 거주공간을 무화시키는 소외까지 나가며 『제비심장』에 이르러 급기야 인물들을 철상자 안으로 가두는 것으로 어느 쪽에서도 노동자들은 주인 되지 못하므로 공간과 나의 사이에 '관계'가 발생하지 않는다. 공중그네와 발판 위에 겨우 매달려서 선사先史의 누군가처럼 욕망과 두려움을 써내려간 낙서만이 아무런 흔적도 없이 지워질 삶의 유일한 증거로 남는다.

육체의 노동 그 반복 재생되는 노동력이, 노동자의 재산이자 능력이면서도 동시에 타자로 하여금 그들의 존엄을 손상시킬 수 있는 계급

---

12) 고대 그리스 극작술로 파국의 직전 신이 인위적으로 등장해 모든 것을 극적으로 해결하는 기법.
13) 한나 아렌트, 앞의 책, 177쪽.

화의 속성이 된다면 그것은 그저 그 자체의 비극적 운명이나 결함일까? 거대자본이나 특정 악인의 문제가 아닌 연쇄적 하청이라는 법의 망을 피하기에 너무도 알맞은, 책임회피의 구조나 그 안에서의 끊임 없는 권력의 세분화, 그를 통해 거듭 분류되는 육체에 대한 재단과 멸시는 나이나 성별, 국적 같은 문제와 함께 새로운 시스템으로 구조화되고 고착화 되어가고 있는 것은 아닐까? 그래서 자본은 제 입맛에 맞게 여성, 이주노동자와 같은 이들을 '쉬운' 노동력으로 포섭하며 얼마든지 거대한 철선과 같은 허상을 만들어낼 수 있는 것은 아닐까?

고대 비극에서 신탁에 의한 운명의 무지가 주인공의 결함이었다면, 지금 어떤 처지들은 자신의 운명을 너무도 뻔히 알고 있다. 조선소 주인은 조선소 주인의 아들이었기 때문에 주인이 될 수 있었고, 철은 있지만 철선은 결코 볼 수 없을 거라는 사실, 조선소에서 일하지만 일용직 노동자 누구도 조선소 노동자로 규정되지 않는다는 사실을 이들은 너무도 분명히 알고 있다. 더 이상 비밀을 숨기지 않는 세계 앞에서 결함을 깨닫는다고 해도 아무것도 할 수 없는 그것이 이들의 진정한 비극일지 모른다. 고대의 그것이 영웅의 치명적 결함이라고 부르던 하마르티아hamartia라고 할 때, 우리의 하마르티아는 한 사회의 시스템 속에 내재되어 마치 한 인물, 특정 집단의 선천적 결함으로 수렴되게 하는 속임수로 작동하는 것은 아닐까?

노동이 세계에서 어떤 책무를 부여받는 것이라면 문학이라는 노동의 책무는 이 세계의 문제에 대해 끊임없이 묻는 일일 것이다. 그럼에도 이 지독하고 끈질긴 반복재현 앞에서 조금 더 숙연해지는 것은, 그런 속성을 함부로 운명으로 재단할 수 없다는 사실과 함께 희망의 전언으로만 이 글을 마칠 수 없다는 데 있다. 그러나 노동은 지속될 것이고, 그것은 언제나 우리의 문제다. 그렇다면 우리는 말하고 바라봐야 한다. 조세희가 『난장이가 쏘아올린 작은 공』을 통해 발화한 당대의 노동과 빈부라는 현실인식은 시간을 경유한 현재에 이르러 다음 세대 작가를 통해 재현되었다. 그것은 지속되는 노동에 대한 경배가 아닌 변화하는 노동시장의 착복 형태와 그 대상, 변하지 않는 노동자에 대한 소모적인 처우와 같은 문제들이 반복, 강화되고 있기 때문일 것이다. 그리고 그런 문학의 발화는 0으로 기록되는 숫자 너머에 있는 인간에 대한, 일하는 육체에 대한 순정한 기도에 가장 가까울 것 같다. 철은 인류문명이래 가장 널리 그리고 오래 지속된 원료 중 하나이다. 쇠와 피의 성분이 같다는 사실은 인간의 비극적 숙명일지도 모른다. 그래서 "쇳덩이에서 피냄새가" 난다는 마지막 문장은 일종의 추궁이자 경고이기도 하다.

쇠는 녹슬고 인간은 죽을 운명이지만, 인간은 자신의 행위를 통해 자신의 삶을 확인하고 확인받을 수 있다. 그리고 그 확인은 보다 정당하고 납득할 수 있는 것이어야 한다. 우리의 삶에 갑작스레 나타나 생을 번쩍 들어 올려줄 신은 없겠지만, "삶은 미친 사람에게나 좋은 것이"(319쪽)라는 노동자의 냉소가 실은 정직한 육체의 노동에 대한, 자신의 일과 삶에 대한 온전한 믿음에서 비롯된 것임을 알기에, 더 이상 날지 못하는 새를 향해 기꺼이 크림빵 조각을 나누는 저 친절하고 정직한 손을 위해 기도해 본다.

데우스 엑스 마키나!

자리에 대해 생각한다. 그것은 한 존재가 천덕꾸러기가 되지 않을 증명의 방식이기도 하다. 내 집의 책들만 봐도 그렇다. 자리는 주체들을 끊임없이 투쟁하게 한다. 내가 만들고 동시에 누군가 내어주어야 하는 자리, 그 합치의 순간이 문학하는 나에게 찾아왔다.

투고 후 어느 날, 나는 묘한 경험을 했다. 몇 개의 단어가 갑작스레 재정의되던 순간이었는데, 새로운 뜻의 발견이 아닌 그것은 온전히 내가 소화시킨 말들이 트림을 하는 것과 같은 느낌이었다. 숱한 자폐의 언어들 중 몇 개의 말들만이 이제야 겨우 세계로 나갈 준비를 마친 것이다. 나는 그 순간이 내게 온 '말문이 트이는 순간'이라 믿는다.

지난한 삶에 문학은 내게 가장 다정하고도 혹독한 선생이었다. 문학은 내가 독자성을 획득하는 유일한 마법의 외투였지만, 그런 자존은 미래의 전망 같은 것들 앞에서 자주 곤두박질치곤 했다. 그 길 위에서 정은경 교수님을 만나 평론을 쓰며 나는 말을 처음 배우는 것처럼 써나가리라 다짐했다. 그러나 그 길은 또 막연해서 나는 나와 자주 반목했다. 그런 순간에도 선생님은 나와 내 글을 끊임없이 믿어주었다. 그 사랑은 어디에서 발원하는 것일지 나는 감히 상상할 수 없다.

오래된 제자를 어린 애 대하듯 항상 먼저 안부 물어주시는 이승하 교수님, 철부지에게 공부할 자리를 내어주신 방현석 교수님께 감사드린다. 어느 시간에나 문학하는 동료는 곁에 있어 영숙, 준희, 하늬는 내 불안을 다독여 주었다. 당선 소식에 내 일처럼 기뻐해준 선후배들의 술잔을 가득 채워드려야 할 것 같다. 내 글을 믿고 자리를 내어주신 심사위원 선생님들께도 고개 숙여 마음을 표한다. 고집스런 딸이 늘 답답하고 안타까웠을 엄마와 언제나 내 편인 두현, 혜진, 해상에게 감사한다. 그리고 나의 아버지… 사랑과 애도에 끝은 없을 것이다.

노동과 노래가 교환되는 현장을 적은 글…
비평적으로 아름답다

올해 평론 부문 응모작은 22편이었다. 평론은 언제나 작품과 관계를 맺는 한편으로 독자와도 관계를 맺는다. 다시 말해 평론은 작품에 대한 독자를 자처하는 한편으로, 자기 자신에 대한 독자와도 대면해야 한다. 이 둘 가운데 균형을 유지하는 일이 쉽지 않다. 이번 심사에서 느낀 대체적인 소감이다.

작품의 해설에 충실한 글들은 가독성을 얻는 대신 그 너머에 있어야 할 비평적 자의식을 놓쳤고, 특별한 개념이나 방법론으로 텍스트를 장악하려는 글들은 그 개념이나 방법론이 정작 작품을 읽는 데 장애가 되었다. 이 두 갈래 길에서 장점을 취한 글들이 없지 않았으나, 이미 선행 비평이 이뤄놓은 길에서 많이 벗어나지 못했다.

격식을 지나치게 존중하면 생각이 그 격식에 맞게 정형화되고, 파격을 오롯이 추구하면 꿰지 못한 서 말의 구슬이 되기 쉽다. 심사한 응모작마다 조금씩은 선택을 망설이게 하는 요소를 갖고 있었다는 의미다.

우리는 논의 끝에 황유지씨의 '하마르티아, 일하는 몸들의 운명-김숨, 〈제비심장〉'을 선정하기로 합의했다. 노동과 노래가 몸을 통해 교환되는 현장을 아름답게 적어 내려간 글이다. 시적이지도 소설적이지도 않지만, 적어도 비평적으로 아름답다.

텍스트로 삼은 김숨 작가의 〈제비심장〉을 닮아서 문장들이 유려하고 리드미컬하다. 읽는 이의 시선을 끝까지 잡아채는 소제목들도 인상적이다. 상투적 결말을 뜻하는 기계신마저도 상투적이지 않게 등장한다. '하마르티아'를 시스템에 내재된 문제로 재해석하게 만드는 문맥의 기묘한 뒤틀림도 매력적이다. 앞으로도 좋은 글로 거듭 만나길 바란다.

심사위원- 양윤의 · 권희철 문학평론가

2022 광남일보 신춘문예 당선 평론

김석포

(본명 김재홍)
중앙대학교 문예창작학과 및 동대학원 졸업(석사)
한양대학교 대학원 국어국문학과 박사과정 수료
2003년 『중앙일보』 제4회 중앙신인문학상 시 부문 당선
2022년 〈광남일보〉 신춘문예 평론 부문 당선
kimjhs0007@gmail.com

고독은, 크로노스의 뒤통수를 부여잡고

- 시집 『급! 고독』을 통해 본 이경림론

김석포

접힘

칠흑 같은 밤, 청년 철학자는 『티마이오스』[1]와 데미우르고스와의 끝 날 수 없는 대화에 빠져들겠지만 젊은 시인은 하늘을 스치는 별똥별 의 빛나는 한순간에 경의를 표할 것이다. 그런 밤 청년 철학자의 가슴 은 우주의 비의를 파고드는 열정에 타오를 것이고, 젊은 시인의 가슴 은 깊고 오랜 어둠으로 물들 것이다. 세계의 본질을 향한 인간의 간절 한 탐색이 철학이라면, 유한한 인간의 숙명에 가늘디가는 구원의 빛 을 던지는 예술이 시다. 무한 세계의 철학은 광활한 우발성의 우주에 서 단 하나의 원형을 갈구하지만 유한한 인간의 시는 장구한 시간의 바다를 떠도는 단 한 척 나룻배를 꿈꾼다. 시가 윤리적이라면 그것은 오직 인간을 위한 구원의 표징을 드러내는 데 있다. 철학이 필연적이

---

1) 기원전 360년경에 쓴 플라톤의 자연철학 저술로 소크라테스와 티마이오스, 크리티아 스 등이 우주와 인간, 혼과 몸 등에 관해 대화하는 내용이다.

라면 그것은 인간의 외부에 인간을 포함하는 거대한 내부가 있음을 자각했기 때문이다. 인간을 향한 구원의 언어로서 시는 인간이 속한 거대 세계로서의 철학과 영원히 만나지 못한다. 이들의 영원한 길항 혹은 평행선은 인간이 누릴 수 있는 영원한 두 가지 인간지학인지 모른다.

만일 시인이 철학자를 경멸한다면 그것은 철학자가 인간을 배제한 우주를 꿈꿀 때뿐이다. 그러나 철학이 우주에 대한 탐닉 끝에 오직 하나의 본질을 정의한다 하더라도 혹은 전적으로 무한한 우발성의 체계로 우주를 내던져 버린다 하더라도 거기에는 언제나 인간이 함께할 수밖에 없다는 점에서 시인은 영원히 철학자를 경멸하지 않는다. 시인은 철학자와 마찬가지로 어떠한 경우에도 인간을 벗어날 수 없다. 만일 철학자가 시인을 경멸한다면 그것은 시의 매혹에 빠지는 것이 두려운 열정적인 탐구자의 자기 보호 본능이라는 지적[2]은 타당하다. 시는 시인 본인에게도 철학자에게도 매혹적인 위안의 수단이기 때문이다. 그렇다면 시인을 경멸하는 철학자의 심리는 무의식적이라기보다 오히려 의식적이다. 그것은 시로 인하여 얻는 위안 때문에 우주를 향한 자신의 열정이 꺾이는 게 두려운 자의 대단히 의지적인 노력이다. 언제나 시는 철학이 열정적으로 걸어가는 길과 같은 방향으로 나아가지만 그들은 아직 만난 적이 없다.

차라투스트라가 고향과 고향의 호수를 떠나 산으로 들어가 십 년의 세월 동안 지치지도 않고 정신과 고독을 즐기며 살았던 것은 지혜의 탐구를 위한 결연한 자기 고립이었지만, 그는 태양을 향해 "그대 위

---

2) "철학자는 때로 시인들을 경멸하기도 하는 것이다. 그것이 철학의 무의식이다.", 신형철, 「감각이여, 다시 한 번 – 김경주의 시에 대한 단상」, 『몰락의 에티카』, 문학동네, 2008, p.297.

대한 별이여! 그대가 빛을 비추어 준다 하더라도 그것을 받아들일 존재가 없다면, 그대의 행복은 무엇이겠는가!"라며 이제 자신은 지혜를 "베풀어주고 나누어주려 한다."고 했다.[3] 그렇다면 차라투스트라는 탐구자의 차가운 열정과 구원자의 뜨거운 의지를 모두 갖춘 철학자이자 시인이며 동시에 시인이자 철학자인가. 그러나 '신의 죽음'을 전하며 초인(Übermensch)을 가르치겠다는 『차라투스트라는 이렇게 말했다』도 시적이기보다는 장쾌한 사변에 가깝다. 시적 비유와 표현력이 넘실대는 한 편의 아름다운 항해 속에서도 끊임없이 통찰적 사유의 지혜를 전수하고자 하는 차가운 열정이 번뜩인다. 어쩌면 철학과 시의 궤도는 차라투스트라에서 가장 근접했었는지 모르지만 그렇다고 둘의 만남이 성사되었다고 할 수는 없어 보인다.[4]

『급! 고독』의 '시인 K'는 뒤죽박죽 접혀 있다.[5] 시공간의 접힘과 함께 의미도 되접혀 있다. 메신저 프로그램 상의 문자로 보이는 모두 스물아홉 건의 문장은 의미 맥락을 추적하기 어려울 정도로 복잡하게 뒤섞여 있다. 우선 알파벳으로 코드화 되어 있는 발신자의 이니셜이 접혀 있다.[6] 이들 발신자의 무작위적 이니셜은 그 자체로 일상의 접힘

---

3) 프리드리히 니체(Friedrich Wilhelm Nietzsche, 1844-1900), 『차라투스트라는 이렇게 말했다』(장희창 옮김), 민음사, 2004, pp.11-12.
4) 니체는 10대부터 말년까지 일관되게 시를 적은 시인이었다. 뷔르바흐(Friedrich Würzbach, 1886-1961)가 니체의 여동생 엘리자벳(Elisabeth Förster-Nietzsche, 1846-1935)의 허락을 받아 편집한 무자리온 판 니체 전집 제20권에는 소년 시절부터 말년까지의 시들이 모두 들어 있다. 아키야마 히데오·도미오카 치카오 엮음, 『니체전시집』(이민영 옮김), 시그마북스, 2013., 참조.
5) 이경림, 「시인 K의 하루」, 『급! 고독』, 창비, 2019, p.81.
6) 「시인 K의 하루」는 이명화된 발신자들인 'R-E-H-O-N-K-O-H-C-R-H-O-알 수 없음-B-MM-알 수 없음-R-C-Y-M-U-L-Y-C-@-D-$-W-&' 등이 보낸 29건의 문자로 '구성'되어 있다.

을 표현하지만, 무엇보다 발신자의 개체성을 무화시켜야 성립되는 이 작품의 표현욕을 반영하고 있다. 다음으로 이들이 보낸 각각의 문자 詩行 내용도 뒤죽박죽 되접혀 있다. 의미의 일관성을 찾을 수 없으므로 발신 시점의 불규칙성까지 표상된다. 간혹 '발광'이나 '지랄', '좆같은' 과 같은 주목될 필요가 없는 수식어가 자극적으로 주목되기는 하지만 그것도 우발적이면서 단발적일 뿐이다. 「시인 K의 하루」는 마지막 한 줄에 모든 시적 의미가 압축적으로 제시되어 있다. "당신은 소멸됩니 다." 앞선 29건의 문자처럼 아무리 무작위적이고 우발적으로 접히고 되접혀도 '시인 K'의 하루는 '소멸'이라는 필연성에 도달하는 과정임 이 극명하게 드러난다. 그것은 크로노스(Chronos, 시간의 신)[7]의 뒤통수를 아무리 부여잡아도 반드시 다가오는 '소멸'이다.

「시인 K의 하루」에서 이경림 시인은 세계와 마찬가지로 일상도 공 존 불가능한 것들이 공존하는 거대한 일의적 세계임을 말하고자 했는 지 모른다.[8] 개가 짖듯이("ㅋㅋ 그런 개 짖는 소리를?") 혹은 장난치듯이("오늘 수업, 빗자루와 몽둥이") 혹은 욕하듯이("지랄 같은 하루 되시기를") 접힌 세계의 접 힘은 '시인 K'만 아니라 일상을 살아가는 우리 모두의 존재 조건으로 상정되기 때문이다. 그렇다면 그것은 "단번에 공존 불가능성들을 긍정 하고 이것들을 관통하는 과정"이라는 인식이 되며, 동시에 세계는 그

---

7) 크로노스의 어의는 '시간'이며, 그리스 신화와 소크라테스 이전 철학에서도 시간을 의미했다. 보통 형태가 따로 없는 무형의 신으로 묘사되거나 형태가 있는 경우 긴 수염을 가진 늙은 현자의 모습으로 묘사된다. 티탄인 크로노스(Cronus)와는 다른 신이다.

8) "천 갈래로 길이 나 있는 모든 다양체들에 대해 단 하나의 똑같은 목소리가 있다. 모든 물방울들에 대해 단 하나의 똑같은 바다가 있고, 모든 존재자들에 대해 존재의 단일한 아우성이 있다.", 질 들뢰즈(Gilles Deleuze, 1925-1995), 『차이와 반복』(김상환 옮김), 민음사, 2004, p.633.

것이 발산하는 무작위적이고 우발적인 '놀이'라는 철학적 통찰이 된다.[9] "L-2천만이 선택한 국민 게임, X 놓고 X 먹고 X 되기" 놀이 혹은 게임을 인간만 아니라 신도 즐긴나는 생각은 철학사의 물줄기 가운데 생성 혹은 지속의 사유에 가 닿는다. 그렇다면 이경림은 니체의 바로 옆에서 철학을 향해 달려가는 시인이라는 말인가.

「전율하는 도시의 9층 유리 안에서」도 접히고 되접혀 있다. 우선 공간이 접혀 있다. '전율하는 도시의 유리'는 이미 수직의 아홉 겹(9층)이다. 또한 9층 내부도 '공중부양 된 식탁'과 그 아래 '나른히 잠든 애완견'과 '양란(洋蘭)인 척하는 꽃자줏빛 돼지들'로 겹쳐져 있다. 공간은 안팎에서 접혀 있다. 다음으로 시간이 접혀 있다. 시적화자는 "어젯밤 / 나는 스물몇살 새댁으로 송림동 산동네 좁은 골목을 헤맸다"고 말한다. 시인의 출생년도를 감안할 때 적어도 기록자는 얼추 50년 가까운 시간을 24시간 안쪽으로 접어 넣었다. 이어 "내일은 / 검은 면사포를 쓰고 낯도 모르는 신랑과 혼례를 올렸다"(강조 - 인용자)고 한다. 이것은 미래와 과거의 뒤섞임, 시제의 접힘이다. 접힌 시공간 속에서 "하루에 두어차례 더러운 파도가 헐떡헐떡 왔고", "알맞게 늙은 여자들이 연탄재처럼 둘러앉아 뜨개질을 하고", "시어머니와 꼬리가 아홉인 백여우가 마주 앉아 시시덕거"리는 일련의 압축적 사건들은 시적화자의 회오(悔悟) 혹은 한탄으로 승화된다.

모든 것은 접혀 있다. 시인의 기억 속에서, 시적화자의 진술 속에서, 공간도 시간도 모두 접혀 있다. 접힘은 일차적으로 정서적 반응이지만 물리적 보편성 속에서 복합적 이미지를 환기하고 있다는 점에서

---

9) "세계의 논리는 독특하게 변했다. 왜냐하면 그것은 발산하는 놀이가 됐기 때문이다.", 질 들뢰즈, 「영혼 안의 주름」, 『주름, 라이프니츠와 바로크』(이찬웅 옮김), 문학과지성사, 2004, p.150.

「전율하는 도시의 9층 유리 안에서」의 시적 성취가 드러난다. 시공에 펼쳐진 가능한 사건들, 혹은 펼쳐지지 않은 암흑의 사건들을 응시하는 시인의 통찰이 날카롭게 빛난다. 짐짓 무덤덤하게, 표내지 않고 내색하지 않는 시선 속에서 인간사의 어떤 진실을 표현하는 시적 기량이 주목된다. 그렇다면 이경림 시인은 "가능세계들에 모조리 발산을 배분하면서, 그리고 공존 불가능성을 모조리 세계들 간의 국경으로 만들면서, 고전주의적 이성을 재구축하려는 최후의 시도"[10]로서의 라이프니츠의 가능세계론에 가 닿는다. 가능한 모든 것을 표현하는 것, 가능하지 않은 모든 것까지 표현하고자 하는 것, 이것은 바로 시인들의 시적 이상이기도 하다. 『긁! 고독』의 접힌 주름들은 이경림 시인 자신이 겪은 당대의 기억에 바치는 헌시와 같다. 그렇다면 주름과 접힘이란 영원히 반복되는 인간 세상의 잠재태일 수밖에 없다.

역전逆轉

　언어는 흐른다. 말도 흐르고 글도 흐른다. 앞 말을 딛고 뒤의 말이 생성되고, 앞의 문장을 이어 뒤 문장이 형성된다. 앞에서 뒤로 혹은 과거에서 미래로 흐르는 언어는 그러므로 맥락이다. 맥락을 분절하는 것은 시간이다. 분절된 언어가 언제나 조리 정연한 것은 아니다. 얼마든지 부조리할 수 있고 언제든지 의미 형성이 불가능할 수도 있다. 일상어와 생활문은 통념적 맥락에 의거해 조리 있는 의미를 형성한다. 그러나 병리적 언어는 맥락이 파괴됨으로써 의미를 잃어버리며, 그 부조

---

10) 질 들뢰즈, 「영혼 안의 주름」, 『주름, 라이프니츠와 바로크』(이찬웅 옮김), 문학과지성사, 2004, p.150.

리로 인하여 병리적 언어로 진단된다. 시적 언어는 통념적 맥락에 따라 의미를 형성하기도 하지만 의도적으로 맥락을 파괴함으로써 부조리한 의미를 생성하기도 한다. 병리적 언어가 의도되지 않은 오류라면, 시적 언어는 의도적인 파괴이다. 그런 점에서 시적 언어는 의미 요소들의 동시적 존립이 가능한 회화와 그 본성을 달리한다.

맥락은 흐르고 의미도 흐른다. 시적 언어는 흐르는 의미의 강물 위로 한순간 솟구치는 우발적인 특이점이다. 시간은 어떤 비의秘意다. 시간은 개체와 개체의 조건에 따라 매우 다르게 인식되는 전적으로 자의적인 개념인가 하면, 거리와 속도와 질량으로 양화되는 완전히 기계론적인 시간론도 존재한다. 시간은 이 두 극단 사이에 실존하는 무한한 다의성의 개념이다. 시간의 비의는 영원(Aion)을 갈망하는 인간을 끊임없이 절망으로 내모는 분절된 시간을 내포한다. 우리는 시간에 대해 본성적으로 영원한 크로노스, '을'이다. 인간은 태어나는 순간부터 종착지를 향해 끊이지 않는 연속된 운동을 수행한다. 영원한 생명을 지향하면서도 순간순간 잘게 부서지는 편린의 시간을 겪으며 사는 게 인간이다. 시인은 분절된 크로노스의 시간을 부여잡고 영원히 영원을 꿈꾸는 불가능한 꿈의 도전자[11]이다.

순간과 영원의 '불일치'는 인간의 근원에 자리한다. 빅뱅 이론에도 불구하고 우주적 시간에 어떤 시작점을 지정하는 것은 무의미할 뿐만 아니라 가능하지도 않다. 인간은 자신에게 허용된 시간 동안 이러한 근본적 불일치에 저항하거나 고발하거나 체념하거나 복종하면서 살아갈 수 있을 뿐이다. 시의 탄생 혹은 출발 지점에 존재와 지향의 '불

---

11) "'순간성'과 '현재형'을 근간으로 하는 '서정' 원리는 '시간' 형식과 구체적으로 결속될 수밖에 없는 속성을 지닌다.", 유성호, 「시간 형식으로서의 서정」, 『서정의 건축술』, 창비, 2019, p.37.

일치'가 있다면, 그것을 초래한 시간에 대한 무한히 다양한 반응의 원인은 오히려 시간 자체에 있다. 시간은 공간이 다른 사물의 동시적 존재를 허용하지만, 공간은 시간이 다른 사물의 순차적 존재를 허용한다. 이것은 엇갈린 운명이다. 스토아철학자 크리시포스를 따를 때 인간은 적어도 시간과 공간의 어떤 조화로운 합일에 이를 수 없다. 그러므로 인간은 순간과 영원의 불일치만 아니라 시간과 공간의 불일치라는 이중적인 불일치를 겪으며 사는 유한자이다.

영화 『인터스텔라』(Christopher Nolan, 2014)의 마지막 부분에서 주인공 쿠퍼는 먼 우주의 시간 여행을 마치고 돌아와 병상의 늙은 딸을 만난다. 아직 젊은 아빠는 '꼭 돌아오겠다.'던 약속을 지켜냈지만, 사랑하는 딸 머피는 이미 늙어 세상을 떠나려 하고 있었다. 그러나 '늙은 딸'에게는 더 이상 '젊은 아빠'와의 재회가 아니라 자손들과의 이별이 중요했다. 병상에 둘러 선 자식들과 손주들이 지켜보는 가운데 행복감에 젖어 죽어가는 늙은 딸 머피와 짧은 재회 끝에 홀로 병실을 나서는 젊은 아빠 쿠퍼의 발걸음에서 고독의 의미는 역전된다. 『바이센테니얼 맨』(Chris Columbus, 1999)의 똑똑한 로봇 앤드류 마틴(NDR-114) 역시 자신을 구입한 주인이 죽고, 그 딸이 죽고, 그 손녀까지 죽어가는 속에서 스스로 죽음을 선택한다. 영원하지만 차갑기만 한 생명을 버리고 유한하지만 따뜻한 죽음을 갈구하는 앤드류의 모습에서도 고독의 의미는 근본적으로 역전된다. 고독은 시간에 있지 않고 사람에게 있다.

만일 우리를 이중적 불일치에 체념하거나 복종한 사람이라고 부른다면, 이경림 시인은 그것에 저항하고 고발한 시인이라고 말할 수 있어야 한다. 그녀는 꿈꾸는 시인, 영원히 영원을 꿈꾸는 불가능한 꿈의 도전자이다. 만일 우리가 고독하다면 그것은 시간과의 싸움에서 패배한 때문이고, 『급! 고독』이 당당하다면 그것은 불가능한 꿈에 마음껏 도전했기 때문이다. 우리의 체념과 복종이 영원히 충족될 수 없는 영원에 갇힌 데 있다면, 이경림의 고발과 저항은 고독의 의미를 역전시킨 데 있다. 시인은 말한다. "흘러가는 구름을 기수급고독원이라 불러도 좋겠습니까"(「기수급고독원」). 고독은 초탈 선사의 게송과 같이 '흘러가는 구름'에 올라탄다. 이어서 '홀로 울울한 팽나무'에 올라타고 '위태로운 까치둥지'와 '검은 줄무늬 돌멩이'와 '떨고 있는 반백의 저 사내'에게 올라탄다.

　　흘러가는 구름을 기수급고독원이라 불러도 좋겠습니까
　　산비탈 공터에 홀로 울울한 팽나무를 기수급고독원이라 불러도 좋겠습니까
　　우듬지 근처, 위태롭게 얹혀 있는 까치둥지의 검고 성근 속을,
　　담장을 뒤덮은 개나리덩굴 아래 고양이처럼 앉아 있는 검은 줄무늬 돌멩이를,
　　엄동에 종일 생선 리어카에 붙어 서서 떨고 있는 반백의 저 사내를,
　　기수급고독원이라 불러도 좋겠습니까

　　　　　　　　　　　　　　　　　　－「기수급고독원」 부분

고독을 외롭지 않다거나 쓸쓸하지 않은 것이라고 강변하지 않는다. 오히려 "쓸쓸, / 쓸쓸함의 최고봉 / 쓸쓸함의 낭떠러지!"라면서 사전적 의미의 고독을 더욱 강화시키고 있다. 그러나 명백히 서로 수명이 다른 구름과 나무와 돌멩이와 사내를 싸잡아 '기수급고독원'으로 불러도

좋겠느냐는 반복된 질문은 고독을 고독孤獨이 아닌 다른 무엇으로 변형시킨다. 고독을 겪는 주체를 인간만이 아니라 자연 사물로까지 확대함으로써 고독의 의미를 확장시키고 있다. '급 고독'은 '급 고독孤獨'에서 '급! 고독高獨'으로, 또 '급給, 고독'에서 '급急, 고독'으로 변주된다. 고독의 의미에 일정한 변화를 유발함으로써 오히려 그 의미를 심화시키는 역할을 하고 있다. 「기수급고독원」에서 고독의 의미 역전이란 고독을 겪는 주체의 외연 확장과 어의의 변주라는 두 가지 길을 통해 전개된다고 할 수 있다.

언어는 흐른다. 이른 아침 태양도 흐르고 한밤의 우주도 흐른다. 흐름 속에서 흐름에 반하여 시적 언어는 순간과 영원의 불일치와 시간과 공간의 불일치에 저항하며 고발한다. "나는 보았다. 그 속에서 수세기가 내 몸을 돌아 나오는 것을."(『자정(子正)』) 이 시에 등장하는 도래실(경북 문경)의 많은 사람들은 저항과 고발의 증인이다. 똥장군을 지고 가는 장수 아버지, 취해 비틀거리며 골목을 돌아가던 아랫마을 김 영감은 물론 어머니, 할머니, 구호물자를 받으려 줄을 선 사람들, 악동 형태, 아버지와 광부들, 멋쟁이 신 선생, 봉암사 상좌승. 이들은 마을회관 지나간 밤의 광장 "허공에서 상영되던 무성영화들."의 등장인물처럼 시인의 가슴에 넘쳐흐른다. 이들은 검은 새를 타고 어디론가 날아가는 '바람난 옥자'와 같이 "고통처럼 질기고 질긴 가죽혁대"가 되어 흘러가는 시인을 그 흐름에 역행하도록 붙잡는다.

인간은 누구나 서로 다른 공간에서 동시적으로 서로 다른 어떤 사건을 겪는다(공간 배타성). 그러므로 우리에겐 매우 많은 '동시대인'들이 주어지지만 결코 '같은' 사람이 아니다. 또한 우리는 서로 다른 시대를 경험한 매우 많은 인류를 포함하지만(시간 배타성), 그것은 완전히

'다른' 사람들의 통공(通功, Communio)이다. 흐름에 역행하도록 시인을 붙잡은 '수세기'에 걸친 수많은 도래실 사람들은 순간과 영원의 불일치만 아니라 공간과 시간의 불일치에도 저항하고 고발한 주체들이다. 「자정子正」의 이경림 시인은 시간에 역행함으로써 흐르는 존재의 순행성에 비장미를 더했다. 그러므로 저항과 고발로서의 역행은 "영원성을 삶의 시간 안에서 실현시키며 살고 있는가"[12]라는 도저한 물음에 다다른다.

  그러나 시인은 한 발 더 나아간다. "가을비 잠깐 다녀가신 뒤 / 물기질척한 보도블록에 지렁이 두 분 뒹굴고 계십니다."(「지렁이들」)라며 크로노스의 뒤통수를 가차 없이 부여잡는다. "한 분이 천천히 몸을 틀어 / S?"라고 물으시자 다른 한 분은 "천천히 하반신을 구부려 / L…… 하십니다"라는 표현은 지렁이의 생태를 통해 순간의 의미에 근본적인 질문을 던진다. 지렁이도 인간도 크로노스의 분절된 시간 앞에서는 근본적으로 같다. 영원이 아닌 어떤 순간도 본질적으로 동일한 것이다. 「지렁이들」은 말한다. "아아, 그때, 우리 / 이목구비는 계셨습니까? / 주둥이도 똥구멍도 계셨습니까?" 메말라 죽어가는 지렁이의 양태인 S와 L과 U, C, J, O 등은 수정란의 발생으로 도약한다. 죽음이 곧 탄생이라는 인식은 영원 앞에 선 유한자의 근본적인 도전이다. 그러나 여기서 시인은 한 번 더 크로노스의 뒤통수를 때린다. "그 진창에서 도대체 당신은 몇 번이나 C 하시고 / 나는 또 몇 번이나 S 하셨던 겁니까?" 죽음도 반복되지만 탄생도 반복되는 것이다. 「지렁이들」에서 크로노스는 뒤통수를 세 번 얻어맞았다. 한 번은 순간이란 무엇인가라

---

12) "단독자인 나는 일상적 시간을 넘어 승화된 순간들, 죽음의 영역까지 끌어올릴 수 있는, 삶의 고양을 가져오는 순간들을 맞이하면서 살고 있는가라는 물음.", 이성혁, 「단독성과 영원성」, 『서정시와 실재』, 푸른사상, 2011, p.111.

는 질문에서, 또 한 번은 죽음에서 탄생으로의 도약에서, 세 번째는 죽음과 탄생의 무한 반복을 통해서.

펼침

임계점까지 구겨지고 접히고 되접히는 가슴, 숨 막히는 절망의 순간과 극한의 고통 끝에 만나는 환희가 있다. 시란 시인의 가슴에 접히고 되접힌 어떤 응어리의 펼침이다. 꼬깃꼬깃 접혀서 더는 접힐 수 없는 응어리가 일순간 펼쳐지는 게 시다. 그것은 시인의 작의가 관철되는 표현이 아니라 분출이다. 분출되는 시는 우선 시인 자신을 위로하고 독자를 위로하고 그럼으로써 세상을 향해 구원을 빛을 던진다. 꿈을 믿는다면, 그것은 우발적인 분출의 순간을 기다리는 바람 때문이다. 시인은 꿈꾸는 자일 수밖에 없다. 시인에게 시의 행로는 언제나 불규칙적인 점멸이다. 그러므로 시인에게 어떤 본질적인 고통이 있다면 그것은 시의 우발성이다. 시의 불규칙적 강림 이외의 제반 압력은 비본질적이다. 그러므로 탄생의 순간은 언제나 환희의 순간이다.

그러므로 펼침은 표현이 아니라 드러남이다. 기다림이 절박한 만큼 환희도 통렬해지는 시의 특성은 "표독한 자아, 극단의 주체가 오라!"[13]고 외치는 패기 넘치는 시적 도발의 윤리적 근거이다. 택시 운전사인 '옆집 남편 b'를 분류하는 이경림 시인의 펼침은 도발적이다. b는 '불타는 눈깔'이자 '늪에 빠진 시계'이다. 또 '섹스하고 싶은 나나니벌'이며, '나무 가지에 날아든 수리부엉이'이며 '와르르 무너지는 굴뚝'이다. '쏟아지는 빙하'이며, '똥통 벽을 하염없이 미끄러지는 구

---

13) 류신, 「반서정의 잔혹극」, 『말하는 그림』, 민음사, 2018, p.421.

더기'이며, '날뛰는 똥'이며, '뒤집힌 풍뎅이'이다(「비유적 분류」). "그외에도 그를 분류할 이름들은 만화방창이다." 그것은 "꽃들의 종류와 형상을 이루 헤아릴 수 없는 것"과 같다. 손님을 찾는 택시 기사의 분류에 한계란 있을 수 없다. 그가 날마다 만나는 헤아릴 수 없는 사건의 계열 속에서 그는 시시각각 다른 술어를 필요로 드러나는 존재이기 때문이다.

시인의 펼침이 도발적인 것은 '눈깔'이나 '시계', '나나니벌', '수리부엉이', '굴뚝'. '빙하', '구더기', '똥', '풍뎅이'와 같은 명사 때문이 아니다. 본질상 택시 운전사는 사건을 선택할 수 없다. 그는 우발적으로 전개되는 사건의 수신자이지 발신자가 아니다. 사건을 예측할 수 없는 만큼 택시 운전사 b를 분류하는 비유어에도 한계란 있을 수 없다. 도발은 이것이다. 술어적 사건이 택시 운전사를 정의한다는 것. 때문에 사물과 사람, 동물과 곤충과 구더기와 똥이 얼마든지 그를 정의하는 속성이 될 수 있다. 그래서 시인이 '옆집 남편 b'를 "꽃의 시간을 지나가는 중"이라고 말할 때에도 의미의 착란 없이 손쉽게 납득할 수 있는 것이다. 뿐만 아니라 "아, 꽃들은 가마솥에 빠진 새끼 밴 고양이, 장작불에 얹힌 생닭, 금방 쏟아지고 말 먹구름, 없는 자정."이라는 펼침도 부조리극의 대사가 아니라 술어적 우발성의 드러남으로써 매우 적실해진다.

Na와 na와 NA라는 2진법의 경우의 수를 모두 사용하는 「Na, na」도 펼침의 환희를 부르는 참신한 발상과 전개가 돋보인다. 고갱의 대작 「우리는 어디에서 왔으며, 무엇이며, 어디로 가는가」와 같이 모두 63행에 이르는 이 작품은 화자의 발화 시점을 기준으로 Na와 na에 얽힌 구체적인 에피소드가 유장하게 펼쳐진다. Na가 na의 마지막을 거두고 있는 첫 행부터 "늑대 한 마리가 태어나고 있다"라는 마지막 행까지 꼭짓점 없는 직선 같은 흐름으로 이야기들이 전개된다. 그때 na와 또 다른 na는 하굣길에서 깔깔거리던 단발머리 여중생으로 '독, 재, 타, 도'를 외치며 '어딘지 중앙'으로 몰려가는 성난 na들을 바라보는 구경꾼이었다. 몇 발의 총성과 매캐한 최루 연기가 폭죽처럼 터지는 도로에서 방향도 모르고 질주하는 토끼였다. 그렇게 뒤죽박죽 뒤엉킨 도로에서 na는 동행하던 na가 사라진 것을 알게 되었다. 이로써 첫 행의 Na가 na의 마지막을 거두고 있는 이유를 어림해 볼 수 있다. 그렇다면 여중생인 na를 통해 Na는 적어도 그의 부모 세대임을 추정할 수 있고, NA는 타도의 대상인 성난 독재자로 파악할 수 있다. 이처럼 시의 초반부(1~3연)는 na의 마지막을 거두는 Na와 그 사정을 드러내고 있다.

시의 중반부(4~8연)는 맞배지붕처럼 시제와 현실을 벗어나 수직적 이미지 속에서 na와 Na는 어디로 가며, 누구인지를 묻고 또 묻는다. '꽃비'가 내리는 필생처럼 na가 옷 벗기(몸 벗기 혹은 죽음)를 완성할 때 늑대는 태어난다. 죽음과 태어남 혹은 내림과 오름의 수직적 연결을 통해 안타까움과 쓸쓸함의 정조가 강화된다. 그러면서 갑자기 '요술 공주 핑키'를 등장시켜 "예쁜 핑키 여우 같은 핑키 염통도 없는 핑키 / 간도 쓸개도 밥통도 없는 두부 같은 핑키 / 핑키 아니면 그 무엇도 아닐 핑키"라며 조롱과 탄식과 비아냥과 회한을 뒤섞어 비장미를 더한다. 여중생 na의 마지막은 거리에서 드러났다("촛대처럼 검게 서 있는 가로수"). 때문에 "그때 na는 그 무엇도 아니었을까 나무와 나무 사이를 떠도는 어떤 기미도"라는 시행은 더욱 절실해진다.

시의 후반부(9~12연)는 다시 현실로 돌아와 "한 언덕을 다 잡아먹고도 사라지지 않는 Na"를 질책하고, '환장하게 이쁜 na'가 껌을 짝짝 씹으며 슈퍼마켓에 들어서는 것을 본다. 또 '은행나무 아래 수도 없는 na들이 악취를 풍기며 썩어가'는 것을 보고, 숯불구이 광고 현수막은 '미친 듯 떨고' 있는 것을 본다. 그리고 마침내 "어디선가 꽃비가 내리고 있다 / 늑대 한 마리가 태어나고 있다".로 마무리된다. 「Na, na」는 na의 마지막을 거두는 Na로 시작하여 늑대의 탄생에 이르는 흐름을 크지도 작지도 않은 목소리로 드러내고 있다. 들뜨지 않은 처연한 분위기 속에서 na를 위무하고, Na를 승화시키고 있다. 그것은 록 음악의 초고음의 샤우팅이 아니라 시작도 끝도 좀처럼 구별하기 어려운 장중한 아악[14]과 같은 목소리다. 그것은 여중생 na의 꽃비 내리는 마지막이 한 마리 늑대의 탄생으로 이어지듯 죽음도 탄생도 모두 하나로 연결된 이어짐이라는 연속성의 철학에 가 닿는다.

'표현이 아니라 우발적 분출'로서의 펼침의 필연성에 동의하는 것과 그 드러나는 양상의 필연성에 동의하는 것은 매우 다른 일이다. 「지렁이들」과 「Na, na」, 「시인 K의 하루」 등의 뛰어난 성과에도 불구하고 핵심적 의미가 비언어적 의미화에 의탁하는 일은 표현주의자의 지나치게 의욕적인 개입으로 보인다. 시인이 경계해야 할 것은 대상이 아니라 자기 자신이라는 전언도 있거니와 참다운 시인은 자연스런 흐름으로서의 펼침을 기다리는 데 소홀할 수 없다.[15] 의미의 겸허한 수신자가 아니라 의욕적인 발신자를 지향할 때 시인은 가장 위험한 순간

---

14) "아악의 시작은 시작이 아니고 마찬가지로 끝은 끝이 아니다. 또한 시작도 중간 같고 끝도 중간 같다. 이 비드라마적인 허술한 구조의 중간이 내가 태어나고 살고 죽는 시간과 공간이다."(강조- 인용자), 전영태, 「끝도 시작도 없는 음악의 미로迷路」, 『쾌락의 발견 예술의 발견』, 생각의나무, 2006, p.72.

15) "서정시가 소리와 뜻 사이의 망설임이라고 말한 시인의 말은 골똘히 음미되어야 한다.", 유종호, 「시적이라는 것」, 『시란 무엇인가』, 민음사, 1995, p.251.

에 직면한다. 모든 시는 시 양식 자체에 질문을 던지는 존재들이지만, 그것은 어디까지나 시의 몫이지 시인의 일은 아니다. 이것이 시 양식의 진정한 압력이다.

『급! 고독』이 보여준 놀라운 펼침의 환희는 평생을 두고 나날이 거듭되고 반복된 접힘의 결과이며, 그것은 순간과 영원과 시간과 공간의 이중적 불일치에 맞선 한 도전자의 역전과 역행을 통해 관철되었음을 확인한다. 모든 공존 가능한 것들의 무한한 접힘의 세계가 이경림의 시적 존재론이라면 그 표현태로서의 펼침은 시적 윤리학이다. 인간을 향해 구원의 빛을 던지는 언어의 접힘과 펼침을 통해『급! 고독』은 크로노스의 뒤통수를 부여잡은 영원한 청년의 기록이 되었다.

"우리의 삶을 도닥이는 문학을 위하여"

원적에 따르면 관향이 선산인 저의 할머니는 일제의 폭압이 드높던 1920년 장흥군 건산리에서 태어났습니다. 열일곱에 혼인하시어 강원도 삼척 두메에서 마흔에 세상을 떠났습니다. 큰아들을 일본 아이치현에서 낳고 칠 남매 막내를 효고현에서 보았으니, 할머니의 삶은 그다지 길지 못했으나 터는 좁았다. 말하기 어렵겠습니다. 하지만 할머니가 세상을 떠난 뒤 태어난 저는 으레 있을 법한 조손간의 정리는 쌓을 수 없었고, 아버지를 빌어 겨우 당신의 기억을 몸에 새겼을 뿐입니다.

거시 역사의 문맥에서 할머니의 삶은 이민족 제국주의의 수탈과 동족 간 살육과 독재와 쿠데타로 점철된 고통의 연속이었습니다만, 사람의 삶에 꼭 그런 신산고초만 가득했겠습니까. 할머니가 장흥에서 보았던 것, 아이치현과 효고현에서 겪었던 것, 삼척에서 일구었던 것들 속에 그녀의 희로애락이 있었고, 떠난 지 62년이 흘러 이제는 알 수 없는 그 수많은 편린 속에 또한 우리 문학의 표정들이 남아 있음을 생각해 봅니다.

제가 만일 진실한 문학평론가라면 작품 속에서 보아야 할 것은 다른 것이 아니라 바로 사람이겠습니다. 사람의 모습과 그의 행적과 그의 기억을 찾아내 독자들과 함께해야 하겠습니다. 야심한 기획이나 시시콜콜 논평이 아니라 작가들이 영혼을 바쳐 이룩한 문학작품의 인간학적 아름다움을 그 높이대로 살펴야겠습니다. 그리하여 문학이 우리와 함께 우리의 삶을 도닥이고 주무르고 가로지르는 만화경을 그것대로 보이는 일이겠습니다.

언제나 앞서서 시의 길을 걸어가고 계신 스승 이시영 선생님, 박물학적 지식과 그보다 더한 애정을 문학에 쏟고 계신 스승 전영태 교수님, 늦된 제자를 이끄시어 연구자의 길로 들어서게 해 주신 스승 유성호 교수님께 삼가며 깊은 감사의 인사를 올립니다. 또한 주제를 모르고 텀벙대는 한 사내를 곁에서 지켜주고 있는 김정선 작가를 비롯한 가족들에게 고마움을 전합니다.

무엇보다 부족한 작품을 당선작으로 지지해 주신 심사위원님께 진심으로 감사드립니다. 이제부터 제가 할 일은 결코 채워질 수 없는 제 빈 주머니에 마중물 같은 맑은 구슬을 넣어주신 심사위원님의 뜻을 조금이라도 따르는 것입니다. 정진하겠습니다.

문제의식 거창 · 인용 현란… 논리 완결성 감춰

비평은 텍스트에 대한 읽기의 재구성이나 주석을 덧붙이는 일에 그쳐서는 안 될 것이다. 새로운 문제설정에 입각하여 누군가에게 말을 거는 작업이 되어야 할 터다. 즉 텍스트를 매개로 삶과 세계에 대한 기존의 일반적인 자동화된 인식을 근본적인 차원에서 재고할 수 있는 문제를 제기하고 그것을 함께 고민할 수 있도록 설득하거나 공유하는 일이 비평의 요체라 할 수 있다. 이것이야말로 비평을 단순한 해설이나 감상문, 보고서와 구별하는 결정적인 지점이다. 하지만 응모작 중 상당수는 스스로의 읽기에 대한 해설 또는 거창한 철학과 이론을 인용한 주석 달기에 도취된 상태에서 더 나아가지 못하고 있었다. 좋아서 또는 소위 '꽂혀서' 어떤 텍스트에 대해 썼겠지만, 왜 '지금 여기' 이 텍스트를 통해 누군가에게 말을 걸어야 하는가에 관한 고민은 언제나 동반되어야 한다.

'고독은, 크로노스의 뒤통수를 부여잡고' 또한 이러한 단점이 없는 것은 아니었다. 작품에 대한 세부 논의에서 동의하기 어려운 대목도 많았다. 문제의식은 거창했고 인용이 현란했다. 하지만 '접힘'('되접힘')이라는 시 읽기의 틀을 설정하여 우직하게 밀어붙이는 솜씨가 좋았고 이에 기초한 논리의 완결성을 갖추고 있었다. 이경림의 시집 '급! 고독'에 관한 새로운 관점을 개진하려는 의욕도 엿보였다. 나름

비평적 문제로서 신뢰할 법한 개성적 스타일이라고 할 만한 것을 구현하고 있었고 동서고금의 다양한 문헌과 사상을 스스로의 논리로 귀일시키는 독법 또한 다소 현란했으되 나쁘지 않았다.

'지금 당신의 '이웃'은 어떤가요' 외 2편은 응모작 중 가장 안정적인 문제와 형식을 갖추고 있었다. 소설 '네 이웃의 식탁' 영화 '멀홀랜드 드라이브', 연극 '희작'에 관한 각각의 서로 다른 세 편의 평론을 한꺼번에 응모한 의욕이 놀라웠고 만만치 않은 박람강기 또한 돋보였다. 그러나 한 편을 제외하면 지금 여기에서 왜 이 텍스트가 논의되어야 하는가에 관한 문제의식이 다소 희박했다. 또한 나름의 비평적 입장을 개진하기보다 여러 텍스트에 대한 지적인 해설에 충실하고 있다는 점에서 마지막까지 고민하다가 손에서 내려놓게 되었다.

'끊임없이 의심하라'는 쉬운 문장으로 응모작 가운데 가장 선명한 입장을 개진하고 있다는 점에서 '지금 당신의 '이웃'은 어떤가요'의 완전한 대척점에 있었다. 영화 '랑종'에 관한 흥미로운 독해에 기초하여 일관된 논지를 견지하고 있었다. 함께 사유할 만한 문제의식이 제시되고 있다는 점도 돋보였다. 다만 일반적인 영화 리뷰에서 볼 법한 문구와 찬사로 서두를 시작하고 있다는 점에서 텍스트에 대한 비평적 읽기의 거리를 확보하고 있는가에 관한 의구심이 들었고, 흥미로운 논의 끝에 일반론으로 수렴되는 결론도 다소 맥 빠지는 감이 없지 않았다.

　지금 여기 비평은 무엇이며 어떻게 써야 하는가라는 문제에 대해 가장 치열하게 고민하게 되는 순간 중 하나가 비평 심사를 담당할 때이다. 수상작 및 위에 거론한 작품을 포함하여 몇몇 응모작은 심사자로 하여금 이러한 문제를 사유하는 데 있어서 일종의 거울처럼 작용했다. 심사자에게 있어서 소중한 배움의 기회였다. 수상자에게 축하를 전한다.

　　　　　　　　　　　　　심사위원 - 조형래(광주대 교수)

2022 동아일보 신춘문예 당선 문학평론

최선교

1996년생 대전 출생
한동대 국제어문학부 졸업
고려대 국문과 현대문학 석사 재학
2022년 〈동아일보〉 신춘문예 문학평론 부문 당선
hello6250@gmail.com

'나'가 '그것을' 말할 때

– 안희연론[1]

최선교

1

　안과 밖을 구분할 수 없는 시대에서 시는 어떤 목소리로 윤리를 말할 수 있을까. 그 시대에는 서로 다른 두 가지 감각이 남아 있다. 타의로 구획된 범주에 포박되지 않을 수 있는 자유, 그리고 아무것도 말할 수 없다는 허무. 공고한 상징계로 편입되지 않아도 존재할 수 있게 된 의미들은 자유롭다. 더이상 '나'는 단일한 존재가 아니고, 일방적으로 규정된 상징의 옷을 입지 않아도 된다. 동시에 폭력과 불합리를 향해 발화하는 '나' 혹은 '우리'의 범주 역시 위태로워진다. '나', '우리'라는 호명에는 쉽게 폭력이라는 이름표를 붙일 수 있다. 누가 감히 '나'와 '우리'를 규정할 수 있는가.

　시에서 '주체'의 자리를 선점하고 있던 비대한 자아가 떠난 뒤에는

---

[1] 이 글은 안희연의 세 권의 시집 『너의 슬픔이 끼어들 때』(창비, 2015), 『밤이라고 부르는 것들 속에는』(현대문학, 2019), 『여름 언덕에서 배운 것』(창비, 2020)을 대상으로 하고 이하 시의 제목만 밝힌다.

무엇이 남아 있을까. 고전적인 정의에서 서정시는 '세계의 자아화'로 설명된다. 시적 화자인 '나'의 눈에 비친 '세계(대상)'는 자아의 언어로 포획된다. '나'가 대상을 소환해내어 다듬고 깎아서 빚어낸 결과물이 서정시이다. 세계를 자아의 시선으로 포획하는 서정시의 공식은 '새로운 서정'의 등장으로 반성의 대상이 되었다. 단일한 의미 체계를 형성하는 주체 '나'는 사라지고, 파편적이고 복수적인 이미지들로 구성 중인 '나'가 남았다. 대상을 포획하는 대신, 그것을 절대 포획할 수 없는 것으로 생각해보자는 것이 새로운 서정이 말하는 윤리인 듯 보였다. 그러나 폭력을 재현하려는 시인에게 자신이 도리어 폭력의 주체가 될 수 있다는 두려움은 발화가 향하는 에너지의 방향을 바꾼다. 어느새 중요해진 문제는 내가 '그것을' 말한다는 것이 아니라, '내가' 그것을 말한다는 사실이다. 비대한 자아를 피해 도망쳐 온 자리에서 다시 '나'라는 존재가 슬그머니 자리를 잡기 시작한다.

여기 안희연이 있다. 안희연의 시에서 '나'는 여전히 이곳에 남아 있다. '나'는 전통 서정시의 비대한 자아도 아니고, 새로운 서정의 소진된 주체도 아니다. 세월호 이후, 시인은 시대의 폭력이나 남겨진 불행을 '써야 하는' 고통스러운 운명을 맞닥뜨렸고 동시에 '쓸 수 없다'는 감각을 경험한다. 그러나 안희연은 '내가' 그것을 쓸 수 없다고 말하는 대신, 내가 '그것을' 쓸 수 없다고 말한다. 소진된 주체가 대상을 포획하지 '않겠다'는 자기 선언을 했다면, 안희연의 글쓰기에서는 대상을 포획할 수 '없다'는 무력한 고백이 터져 나온다. 주체의 자리를 반납하는 것만으로는 충분하지 않은 일이었다. 대상을 묘사하는 '나'가 전과 같지 않다고 증명하는 일 역시 여전히 '나'의 목소리를 하고 있기 때문이다. 주체를 소진하는 일은 그 자체로 윤리적이라는 호칭을 획득할 수 없다. 스피박은 주권적 주체를 텅 빈 공간으로 만드는 담론이 자신의 권력을 은폐하려는 또 다른 주체를 비가시화한다고 지적했다.[2] 주체가 더이상 권위적인 동일자가 아니라고 말하는 자는 누구인가? 포획하는 주체의 자기반성은 다만 스스로를 이전과 다른 방식으로 재현해냄으로써 일종의 기만이 된다. 주체는 해체나 파편화라는 이름표를 달고 또 다른 중심으로 작동한다.

　단지 이름을 바꾸고 돌아온 주체는 대상을 포획하는 일을 그만두었다고 말하지만, 그것은 아량에서 비롯된 대상 포획의 일시 정지에 불과하다. 거대한 재난과 불합리를 목격한 이후에 글쓰기를 수행하는 시인이 마주한 감각은 사뭇 다르다. 안희연에게 더이상 주체니 포획이니 하는 일은 의지의 문제가 아니다. 그는 재현하려는 대상을 포획할 수도 없고, 자발적으로 포획하지 않을 수도 없다. 거대한 불가능성을 마주한 시인은 '나'에 대해 생각하는 대신, '그것을' 쓰는 일의 불가능성에 집중하기 시작한다.

　　건반을 누르지 못하는 날들이 계속됐습니다

　　아직 눌리지 않은 건반과
　　손이 지닌 모든 가능성 사이에서
　　그는 내게 끊임없이 지시를 내렸습니다

---

2) 가야트리 스피박, 태혜숙 역, 「서발턴은 말할 수 있는가?」, 『서발턴은 말할 수 있는가? - 서발턴 개념의 역사에 관한 성찰들』, 그린비, 2013.

연주하라, 죽은 아이의 목소리로

　지금껏 수많은 지시어를 만나왔습니다 나에게는 예언의 새가 있고 언제나처럼 그것을 따라가면 될 일이었습니다

　그러나 건반을 누르지 못하는 날들이 계속됐습니다 검게 주저앉는 마을을 보면서부터 그때 나는 손 닿을 듯 가까운 언덕에서 까마득히 내려다보는 방향에 있었습니다

　질문을 품었습니다 음악은 어디서 오는가 음악은 무엇을 할 수 있는가 소리란 애초에 삼켜질 운명을 지닌 것, "언어를 통한 대답은 없다 적어도 언어를 통한 대답은 없다"*는 문장만이 머릿속을 맴돌았습니다 [……]

　빌린 발을 신고 긴긴 잠에 들어도 내가 죽은 아이가 될 수는 없습니다

　피아노는 흰 천으로 덮여 있습니다 이곳에서 도망치지 않는 일에 하루를 씁니다 끝까지 손을 흔드는 자세가 그림자의 표정을 결정지을 것이라고 [……]

　* 미셸 슈나이더 『슈만, 내면의 풍경』.

　　　　　　　　　　　　　　　　　　　　　　－「피아노의 병」 부분

시인의 언어는 연주되기를 기다리는 피아노의 건반과 같다. 연주자는 건반을 눌러 음을 내고 화음을 쌓아 멜로디를 만들어낼 것이다. 피아노 건반은 스스로 움직일 리 없고, 다만 연주자에 의해 움직여지기를 잠자코 기다린다. 그렇다면 "죽은 아이의 목소리로" 연주하라는 '그'의 지시는 타당하다. 연주자는 "손이 지닌 모든 가능성"을 가지고 "눌리지 않은 건반"으로 모든 연주를 할 수 있는 유일한 자이기 때문이다. 그러나 '나'는 쉽게 건반을 누르지 못한다. "지금껏 수많은 지시어"를 만났을 때처럼 "언제나처럼 그것을 따라가"기만 하면 될 것을, 자꾸만 망설인다.

소리를 내지 못하는 피아노는 침묵의 영역으로 들어선다. 비트겐슈타인의 말을 빌리자면, 그곳의 침묵은 윤리적이다. 수동적인 의미의 침묵과 달리, '말할 수 없는 것에 관해서는 침묵해야 한다'[3]는 정언은 기표의 망 사이로 빠져나가는 의미를 텅 빈 침묵 속에 담아낸다. 언어를 사용하는 시인이 침묵을 선택한 것은 "언어만으로는 어떤 얼굴도 만질 수 없기 때문"(「아침은 이곳을 정차하지 않고 지나갔다」)이다. 따라서 연주하지 못하는 연주자, 쓰지 못하는 시인은 침묵을 통해 다음과 같은 의미를 담아낸다. "언어를 통한 대답은 없다 적어도 언어를 통한 대답은 없다". 건반을 앞에 둔 화자의 망설임은 "침묵으로 내내 말"(「폐와」)하며, 그가 연주하는 행위가 곧 윤리의 영역에 속한 것임을 암시한다.

그러나 말할 수 없다는 감각만이 극단의 윤리를 보장하는가? 상징계에 포획되기를 거부하고 바깥으로 탈주하는 방식은 언제나 세련된 것인가? 만약 그렇다면 불합리나 폭력 앞에서 쓸 수 없다는 사실을 전시하는 대신, 그래도 써보겠다는 마음을 내어놓는 일은 한물간 서정

---

3) 루트비히 비트겐슈타인, 이영철 역, 『논리-철학 논고』, 책세상, 2006, 117쪽.

혹은 윤리로 읽히는가? 침묵 속에 머무르려는 시도는 결국 누구를 위한 것이 되는가? 안희연은 이런 물음들을 허투루 넘기지 않는다. 인용된 시의 후반부에서 그는 조금 다른 돌파구를 찾아낸다. "빌린 발을 신고 긴긴 잠에 들어도 내가 죽은 아이가 될 수는 없"다는 고백은 앞서 "손이 지닌 모든 가능성"을 부정한다. 연주자는 더이상 모든 가능성을 가진 주체가 아니며, 건반은 그의 의도대로 연주될 수 없다. 다만 그의 손이 모든 것을 연주할 '없다'는 사실을 마주하고 "이곳에서 도망치지 않는 일에 하루를" 쓸 뿐이다. 이것은 세계를 포획할 수 있다는 믿음을 계승하는 것도 아니고, 자신을 텅 빈 공간으로 만드는 것도 아니다. 안희연은 말할 수 없다는 선택지로 돌아가지 않는다. 있는 힘껏 "이곳에서 도망치지 않는 일"로 하루를 보낸다. 밀려나지 않고 제자리를 지키는 것은 도망치는 것보다 지난한 일이다.

　　나는 내가 한 사람이라는 것을 믿는다 // 문득 손이 뜨겁다 손끝에서
　　이름이 돋아날 것 같다

　　　　　　　　　　　　　　　　　　　　　　　　－「하나 그리고 둘」 부분

　　나는 나를 실감할 수 있어 질긴 밤의 자루를 끌며 벽돌을 주워 담
　　는 일 / 팔과 닮았다는 이유만으로 잘려나간 가지들에게 [……] 얼굴
　　을 받쳤던 손의 무게만큼 나는 기울어질 수 있다 / 먼 이름과 뒤집힌
　　신발들이 뒤섞여 온다 / 검정이 투명을, 입술이 말을 끝끝내 감추더
　　라도

　　　　　　　　　　　　　　　　　　　　　　　　－「손의 무게」 부분

쓸 수 없다는 감각에도 그저 자리를 지키는 '나'는 쉽게 소진되지 않는다. 다시 한번 말하지만, 안희연에게 중요한 것은 '내가' 그것을 쓸 수 없다는 감각이 아니라, 내가 '그것을' 쓸 수 없다는 사실이다. 쓸 수 없는 상황에서 '나'가 감각하는 것은 쓰기의 불가능성 자체이다. '나'가 누구든, 어떤 방식으로 존재하든 그 사실은 변함이 없다. 연주자는 또렷한 실체를 하고 피아노 앞에 앉아 있다. "내가 한 사람이라는 것을 믿"고, "나를 실감할 수 있"는 '나'는 분열증적인 자기인식에 침잠하여 다시 주체의 문제로 돌아가지 않는다. 화자의 담백한 자기인식은 자아를 살찌우거나, 말려 죽이지 않는다는 것이다. 그러자 문득 "손끝에서 이름이 돋아날 것 같"은 감각처럼 대상을 명명할 수 있는 가능성이 스며들지만, 그 순간도 온전히 주체의 의지가 낳은 결과는 아니다. 불현듯 뜨겁게 "돋아날 것 같"은 '이름'은 오히려 불가항력적으로 화자를 침범한다. 대상을 명명할 수 있는 '이름'은 쓸 수 없다는 감각 앞에서 도망가지 않은 시인에게 도래하려고 한다. 쓰기의 불가능성 앞에서 시인은 "질긴 밤의 자루를 끌며 벽돌을 주워 담는 일"로 지난한 시간을 견뎠다. 이제 저 멀리서 정말로 무언가 다가오는 것이 보인다. "먼 이름과 뒤집힌 신발"은 "뒤섞여" 이곳으로 오고 있다.

2

안희연의 시에서 대상의 도래는 종종 화자를 침입하는 감각으로 묘사된다. '이름'들이 오고 있는 것이다. 화자는 불가항력적으로 이름의 도래를 감지한다. 화자가 움직이는 것이 아니라, 대상이 화자를 향해 움직인다. 언제나 '내가' 그것을 쓴다는 감각보다는, 내가 쓰려는 '그것'의 감각이 훨씬 강력하다.

> 책을 열면 죽음이 쏟아진다 맨발로 맨몸으로 달려나오는 아이들
> 나는 황급히 책을 덮고
> 변명처럼 천장을 올려다본다 [……]
>
> 눈을 감았다 떠도 아이들은 사라지지 않는다
>
> 심지도 않은 나무가 자랐어
> 생생하게 살아 있는 죽음들을
> 더는 넣어둘 다락이 없어
> 벽을 뚫고 자라나는 나무들을
>
> – 「월요일에 죽은 아이들」 부분

"죽음이 쏟아"지는 책에서는 "맨발로 맨몸으로" 아이들이 달려 나온다. '나'는 느닷없는 침범에 놀라 "황급히 책을 덮"지만 "눈을 감았다 떠도 아이들은 사라지지 않는다". '나'의 영역에 침입한 '아이들'은 시의 후반부에서 맹렬하게 자라는 '나무들'로 연결된다. "심지도 않은 나무"는 '나'의 의지와 무관하게 자라났고, 나무를 키운 생명력은 역설적으로 "죽음"을 "생생하게 살아있는" 것으로 만들어 버린다. "벽을 뚫고 자라나는 나무들"은 책에서 쏟아져 내리던 아이들을 닮았다. 다른 시편들에서도 '나'를 침범하는 대상들은 다양한 감각으로 그려

진다. "그렇게 너의 슬픔이 끼어들"(「파트너」)거나 "성큼성큼 걸어들어 오는 나무"(「한 그루의 나무를 그리는 법」)의 형상으로, "꿈속까지 칼이 들어"(「검은 낮을 지나 흰 밤에」)오거나 "견딜 수 없이 무거워지"(「페와」)는 감각으로 '나'를 침범한다. 그렇다면 '나'를 침입하는 대상들의 도래는 쓸 수 없음의 불가능성에서 나를 구원할 수 있는가? 안희연은 이 지점에서 다시 한번 윤리적 발화의 공간 속에 '나'라는 존재가 커지는 순간을 경계한다. "나만 혼자 커다랗다는 부끄러움"(「소인국에서의 여름」)을 기억하게 만든다.

끄룽텝*으로 향하던 비행기가 추락했다는 소식이다
나와는 상관없는 일이다
그런데
왜 그때 눈앞에서 석류 한알이 떨어졌을까 [……]

며칠째 굴뚝에 사람이 매달려 있다는 소식을 들었을 때도
내몰린 마음의 끝에서
제 그림자를 갉아먹는 거미와 눈 마주쳤을 때도

나는 믿지 않았지 구원이라는 말 [……]

나와는 상관없는 일이지만
왜 자꾸 눈물이 차오르는지는 묻지 못한다

돌 아니라 사람

부품 아니라 사람

그런 말들은 너무 작아서

종이 인형 하나 쓰러뜨리지 못하는데

왜 자꾸 날아오르려는 것일까 믿음이라는 말

짓밟힌 눈빛은 나와 상관없다

서늘하게 뻗어나가는 담쟁이덩굴은 나와 상관없다

등을 돌리고 있어도

나의 하루가 일그러진다

시도 때도 없이 출몰하는 거미들

후드득후드득 방 안으로 쏟아져내리는 석류 때문에

* Krungthep: 천사의 도시.

- 「거짓말을 하고 있어」 부분

천사의 도시라고 하는 '끄룽텝'으로 향하던 비행기가 추락했다. 그 소식을 들은 화자는 "나와는 상관없는 일"이라고 생각한다. "그런데" 그 순간 화자의 "눈앞에서 석류 한알"이 떨어진다. 선명하게 연결된 비행기의 추락과 석류의 떨어짐은 "나와는 상관없는 일"이 아니라는 사실을 확인시킨다. 불가항력적인 힘으로 '나'를 밀고 들어오던 '이름'들처럼, 아주 먼 곳에서 일어나 무관하다고 생각한 사건이 '나'를 침입한다. '나'와 상관 있/없는 일은 아이러니하게도 '나'의 주관으로 결정되지 않는다. 그것은 마치 신의 명령처럼 통보되며, '나'의 결정권은 지극히 무력하다. "며칠째 굴뚝에 사람이 매달려 있다는 소식"이나 "제 그림자를 갉아먹는 거미와 눈 마주쳤을 때"도 '나'는 그것이 상관없는 일이라고 생각하지만, 내 의지와 별개로 "눈물이 차오르"는 것을 느낄 뿐이다. "상관없다"는 자기암시에도 불구하고, 그 모든 사건들 때문에 "나의 하루가 일그러진다". '거미'가 출몰하고 '석류'가 쏟아져 내리는 '나'의 방은 손쓸 틈도 없이 함몰된다.

그 사건이 나와 상관없다는 생각은 곧 그것이 나와 상관없는 일이었으면 좋겠다는 소망이다. 상관없는 일이라면 그것을 마주할 필요가 없다. 비행기가 추락하든, 굴뚝에 사람이 매달리든 그것은 '나'가 써야 할 일이 아니기 때문이다. '나'는 내심 그것이 '나'와 상관있는 일이 될 것을 두려워한다. 그 두려움의 실체는 '나'가 결국 그것을 제대로 말할 수 없을 것이라는 예감이다. "돌 아니라 사람 / 부품 아니라 사람 / 그런 말들은 너무 작아서 / 종이 인형 하나 쓰러뜨리지 못"할 것을 예감한 '나'는 차라리 그것이 상관없는 일이기를 바란 것이다. "말들은 너무 작아서" 무력하다. 나에게 도래하는 이름과 사건들을 도무지 잡아둘 수가 없다. 그러니 제발 그것이 나와 상관없는 일이기를 바란다.

> 나는 너를 화분에 심는다 너는 흐느적거리며 쓰러진다 / 제발 그대
> 로 좀 앉아 있어
>
> ─「포르말린」 부분

사실은 흰 접시에 대해 말하고 싶었는데 / 흰 접시의 테두리만 만
지작거린다

－「시」 부분

그는 길을 내려 했다 깎을 수 없는 것을 깎으면서 / 한 시간을 파묻
으려 했다 사과는 흠집 하나 나지 않는다 [……] 그럴수록 그가 깎여
간다 / 있지도 않은 사과를 손에 들고

－「죽은 개를 기르는 사람은」 부분

사실은 건반 앞에서 도망치지만 않는다면 쓸 수 있을지도 모른다고
생각했던 것이다. 그러나 도래한 이름과 사건들은 결코 '나'에게 포획
되지 않는다. '나'라는 존재가 커지려는 기미가 보이자, 시인은 또다
시 '나'를 기어코 잠잠하게 한다. 대상을 언어로 잡아두려는 시도는 번
번이 실패로 돌아간다. "너를 화분에 심"지만 "너는 흐느적거리며 쓰
러진다". 대상을 잡아두려고 "제발 그대로 좀 앉아 있어"라며 빌지만,
'나'의 언어는 그것을 붙잡을 힘이 없다. "사실은 흰 접시에 대해 말하
고 싶었"지만 정작 할 수 있는 것은 "흰 접시의 테두리만 만지작"거리
는 일뿐이다. 「죽은 개를 기르는 사람은」에서 대상의 포획 불가능성은
한층 더 나아가 아예 그것이 존재하지도 않았다는 환상으로 드러난다.
"깎을 수 없는 것을 깎"고자 한 시도는 "사과"에 "흠집 하나" 내지 못한
다. "그럴수록 그가 깎여"나가는 것은 물론, 심지어 "있지도 않은 사과"
라는 사실이 대상을 포획하려는 시도를 신랄하게 비웃는다.
　대상을 언어화하려는 시도는 '나'의 기표로 그것을 가시화하려는 욕
망에서 기인한다. 기표와 기의의 자의적 결합이 실패로 돌아갔다는 사

실은 무엇을 의미하는가. "어찌할 수 없는 이름들"(「내가 달의 아이였을 때」)은 '나'가 시도하는 언어화의 무력함을 증명한다. 더 나아가 기표와 기의의 결합이 '나'의 인위적인 개입으로 가능하지 않다는 사실은 대상과 그것이 묘사되는 과정에 일종의 신성을 부여한다. 피아노 앞에서 불가능성을 마주한 화자에게 도래하는 듯했던 쓰기의 가능성은 대상을 언어로 잡아두려는 욕망이 개입되려고 하자 곧바로 모습을 감춘다. "가까워지려는 의지만으로도 모과는 반드시 썩는다 / 당신이 모과 너머를 보기 시작할 때 모과는 이미 모과가 아니다"(「망중한」)라는 고백은 대상이 묘사되는 과정 전체가 결코 주체 '나'의 의지로 가능한 것이 아니라는 처절한 깨달음이다.

그러나 시인이 언어를 사용해 대상에 도달할 수 없다는 걸 인정하기란 쉬운 일이 아니다. 다시 「거짓말을 하고 있어」로 돌아가보자. 화자는 "그런 말들은 너무 작"지만 "믿음이라는 말"이 "자꾸 날아오르려는 것"을 느낀다. 그것은 "그런 말들"을 가지고 "종이 인형 하나"라도 쓰러뜨리려는 믿음이다. 대상이 도래하지 않던 순간에 불가능성을 마주했던 것과 달리, 대상의 도래에도 불구하고 쓸 수 없다는 절망감은 이것이 '가짜'이며, 보이지 않는 곳에 '진짜'가 있을 것이라는 감각으로 이어진다.

3

"결국 이 모든 게 믿음의 문제"(「트릭스터」)라는 생각은 지금 이곳에서는 보이지 않는 것들이 어딘가에는 '진짜' 있을 것이라는 믿음으로 발현된다. 눈앞의 불가능성을 인정하는 대신, 보이지 않는 곳의 가능성을 믿는 편이 훨씬 쉽기 때문이다. 시인은 순간 '나쁜 이상주의자'가 되어 버린다. 좋은 이상주의가 불가능하다고 생각하는 것을 믿는다면, 나쁜 이상주의는 가능하다고 생각하는 것을 믿는다.4

눈앞의 모든 나무를 베어버리고 // 땅을 판다 / 진짜 나무를 심을
것이다 [……] 잠에서 깨어나면 새 나무를 갖게 될 거야 / 그 나무에
선 아무도 울지 않는 시간이 열릴 거야

－「화산섬」 부분

눈앞에 없는 새만이 진짜일 거라고 믿는 것 [……] 그녀는 오늘 낮
에 읽은 점자책의 한 장면을 떠올린다 / 새를 찾아 숲으로 간 아이들
이 이미 새를 / 가지고 있었다는 이야기

－「프랙탈」 부분

"진짜 나무를 심을" 생각으로 눈앞에 있는 모든 나무를 베어버린다. '진짜' 나무가 있다는 믿음은 순식간에 눈앞에 있는 존재를 '가짜'로 만든다. 가짜가 된 나무는 가차 없이 베어지고 "새 나무"에는 화자의 욕망이 투영된다. "아무도 울지 않는 시간"을 열매 맺을 수 있는 나무가 "진짜 나무"여야 하는 것이다. '모두가 울고 있는 시간'으로 추정되

---

4) "나쁜 이상주의자는 그것이 바람직하기 때문에 그것이 가능하다고 생각하지요. 그것
이 쉬운 일이라고 믿는 것은 앞으로 한 발자국만 더 움직이면 되는 일입니다. [……]
한편, 좋은 이상주의자는 언어를 통해 야기된 분열로부터 인간을 자유롭게 하는 일은
바람직하다는 바로 그 이유 때문에 그것이 성취될 가능성은 지극히 희박하다고 생각
합니다." 오르테가 이 가셋, 이재성 역, 「번역의 비참과 영광」, 『번역이론 : 드라이든에
서 데리다까지의 논선』, 도서출판 동인, 2009, 152쪽.

는 현재는 화자가 부정하려는 '가짜'의 시간이다. "눈앞에 없는 새만이 진짜일 거라고 믿는" 믿음은 광적이다. 그 믿음은 화자를 구원할 수 있는가? "언덕 니머에 진짜 언덕이 있다고 믿는"(「접어놓은 페이지」) 믿음은 눈앞에 있는 '언덕'을 부정해야 도달할 수 있는 치열한 자기 부정이다. 그러나 자기 부정으로의 몰두가 잠시 흔들리는 순간, 눈앞의 현실이 들이닥친다. 보이지 않는 것에 대한 믿음보다 보이는 것이 주는 실감은 실로 강력하다.

시인은 문득 "새를 찾아 숲으로 간 아이들이 이미 새를 / 가지고 있었다"는 사실을 받아들인다. 자신이 믿었던 '진짜'가 사실은 광적인 현실 부정에 다름이 아니었음을 체감한다. 현실의 풍경은 서늘하고 강력하게 화자를 실감시킨다. "쓰러진 물컵 속에는 물 외엔 아무것도 없다 / 슬픔이나 절망 같은 건 더더욱 없다"(「영혼 없이」)라는 직시는 보이지 않는 '진짜'가 존재한다는 믿음을 전복한다. 물컵이 쓰러지면 남는 것은 흐르는 물이지, "슬픔이나 절망 같은" 것이 아니다. 화자가 바라던 '진짜'는 없거나, 오지 않거나, 혹은 이미 있다. 셋 중에 어느 쪽이든, 저 너머에 '진짜'가 존재한다는 믿음은 폐기되기 시작한다.

> 진짜라는 말이 나를 망가뜨리는 것 같아
> 단 하나의 무언가를 갈망하는 태도 같은 것
>
> 다른 세계로 향하는 계단 같은 건 없다
> 식탁 위에는 싹이 난 감자 한 봉지가 놓여 있을 뿐

저 감자는 정확함에 대해 말하고 있다
엄밀히 말하면 싹이 아니라 독이지만
저것도 성장은 성장이라고

초록 앞에선 겸허히 두 손을 모으게 된다
먹구름으로 가득한 하늘을 바라본다

하지만 싹은 쉽게 도려내지는 것
먹구름이 지나간 뒤에도 여전히 흐린 것은 흐리고

도려낸 자리엔 새살이 돋는 것이 아니라
도려낸 모양 그대로의 감자가 남는다

아직일 수도 결국일 수도 있다
숨겨놓은 조커일 수도
이미 잊힌 카드일 수도 있다

나를 도려내고 남은 나로
오늘을 살아간다

여전히 내 안에 앉아 차례를 기다리는 내가
나머지의 나머지로서의 내가

-「스페어」전문

'나'는 불현듯 "진짜라는 말이 나를 망가뜨리는 것 같"다고 생각한다. '진짜'라는 "단 하나의 무언가를 갈망하는 태도"는 '단 하나'를 뺀 나머지를 모두 '가짜'로 만들어 버린다. 아직 보이지 않는 무엇을 '진짜'라고 믿는 태도는 눈앞에 있는 대상을 결핍으로 취급한다. '진짜'나 '가짜'의 판별은 '나'에 의해 수행된다는 점에서 대상보다 '나'를 가시화하는 것이다. 시인은 잠시 '진짜'에 대한 믿음으로 흔들렸지만, 이내 다시 '나'를 잠잠하게 만든다. '나'가 '진짜'라는 말을 다시 생각하게 된 계기는 식탁 위에 놓인 "싹이 난 감자 한봉지"이다. 대단할 것 없는 대상이 내 눈앞에 놓여 있는 그 순간에 '나'는 "다른 세계로 향하는 계단 같은 건 없다"고 생각한다. 그 '감자'는 "정확함에 대해 말하고 있다". "정확함"은 '나'의 욕망과 무관하게 확실한 실체를 가지고 눈앞에 존재하는 대상의 성질이다. 기다리던 '진짜'가 아님에도 불구하고, "저것도 성장은 성장이라고" 생각하자 '나'는 "겸허히 두 손을 모으게 된다".

소박한 '정확함'은 앞으로 도래할 무엇이 아니다. '나'의 기대에 맞춰 성장하거나 변화하는 대상도 아니다. "여전히 흐린 것은 흐"린 것처럼, 대상은 있는 그대로 지금 여기에 존재한다. "도려낸 자리엔 새살이 돋는 것이 아니라 / 도려낸 모양 그대로의 감자가 남는다"는 깨달음은 '믿음'이 아니라 '사실'의 문제에 속한다. 그러자 문득 '나'는 "오늘을 살아"갈 수 있을 것 같다. 오늘을 사는 '나'는 "나를 도려내고 남은 나"라는 여분이다. 다시 주체의 문제로 돌아가보자. 안희연의 '나'는 여전히 비대하지도, 소진되지도 않았다. 그저 '나'를 "도려내고 남은 나"라는 "몫이 그러하므로 어떻게든 계속"(「몫」) 갈 뿐이다.

"도려내면 도려내는 대로 // 우리는 살아가야"(「굴뚝의 기분」)한다. 쓰기의 불가능성을 맞닥뜨렸을 때, '나'를 커다랗게 만들거나 주저앉는 것이 아니라 "다른 입구"(「빛의 산」)를 찾는 것이 폭력을 말하고 남겨진 불행을 쓰는 안희연의 방식이다. 시인에게 '나'가 커다랗게 되거나 주저앉는 일은 모두 '나'를 위한 글쓰기로 수렴된다. 안희연은 몇 차례의 시행착오 끝에 과감하게 '나'의 문제를 건너뛴다. 주체의 안주나 탈주로 회귀하지 않고 남겨진 여분의 '나'로 침입하는 대상을 감각한다. 지독한 자기검열로 주체의 문제에 발이 묶이는 대신, 대상의 '정확함'을 응시하는 쪽으로 눈을 돌리는 것이 바로 안희연의 글쓰기이다. 시가 윤리를 말하려고 한다면, 때로 중요한 것은 말하는 '나'가 누군지보다 '나'가 말하려는 '그것' 자체일 때가 있는 것이다.

안녕하세요. 제 글을 읽어주셔서 감사합니다. 당선 소감이라는 것을 쓰려니 배보다 배꼽이 더 크다는 생각이 듭니다. 궁금하지 않으실 글쓴이의 고백을 더해보겠습니다. 저는 항상 시가 무섭다고 말하고 다녔습니다. 저만 빼놓고 자기들끼리만 아는 말로 속닥거리는 그것들이 자주 무섭고 서러웠습니다. 시를 읽다가 넘어질 때면 메모장을 열어서 받는 사람이 없는 편지를 썼습니다. 작년 4월 13일에 쓴 편지에는 이렇게 적혀 있었습니다. "저는 이 해독 불가능한 세계에 어쩌다 들어오게 된 것일까요."

이쯤되면 저의 고백을 이상하다고 느끼실지 모르겠습니다. 그래도 저는 여전히 시가 무섭다는 생각을 합니다. 나만 빼놓고 자기들끼리만 아는 말로 즐겁고 불행하지 않았으면 하는 마음입니다. 만약 저를 조금이라도 끼워줄 생각이 있다면, 언제나 이미 자신의 목소리를 내고 있는 것들을 변호할 뿐이라는 마음으로 쓰겠습니다.

흔치 않은 이런 기회에 이름을 불러보고 싶은 사람들도 아주 많이 있습니다. 그 이름들을 다 적는다면 주어진 분량이 부족할 것 같습니다. 먼저 윤빈, 욧버 그리고 온유에게 나를 살려주어 고맙다고 말하고 싶습니다. 처음으로 최선교가 될 수 있었던 펜통, 갈 데 없던 그곳에서 서로를 알아본 살루스와 모교회 식구들은 구원이라는 말에 어울립니다. 문학을 공부할 수 있는 기회를 주신 오형엽 교수님과 함께 하는 대학원 동료들에게도 감사합니다. 사랑하는 엄마, 아빠, 언니도 생각납니다. 저는 언제나 사랑과 우정을 먹고 꾸역꾸역 살아가는 중입니다. 다시 한번 감사합니다.

텍스트에 밀착… '시의 윤리' 찾으려고 애써

비평이란 무엇이고 또 어떠해야 하는가. 그야말로 새삼스럽고 촌스러운 질문일 테다. 하지만 여전히 답하기 쉽지 않은 이 오래된 질문이 우리에겐 아직도 궁금한 미완의 숙제다. 응모작들을 읽으면서 비평에 대한 이런 상념들이 앞섰던 이유는 다른 데 있지 않다. 자기 나름의 방식으로 이런 질문을 던지고 있는 비평을 찾기가 쉽지 않았기 때문이다.

비평은 텍스트를 선정하는 데서부터 시작된다. 지금 현재 무엇이 의미 있는 텍스트인가를 분별해내고 그 텍스트를 분석해 그것이 놓인 자리가 정확히 어디인가를 판정하고 헤아리는 안목. 대상에 대한 비평적 거리를 확보하면서도 대상이 발화하는 목소리에 겸허하게 귀를 기울이는 태도. 그 결과를 정확한 언어로 표현하고 전달하는 소통의 기술. 새롭게 비평의 길에 들어서려는 예비 비평가들의 글에서 보고 싶었던 것은 비평의 기본에 속하는 이런 덕목들이었다. 아쉽게도 비평적 거리 혹은 객관성이나 소통의 의지를 갖추지 않은 글들이 다수였고 의미 있는 비평적 질문을 품고 있는 글들도 보기 힘들었다.

그런 가운데서도 "'나'가 '그것을' 말할 때- 안희연론'은 많은 글들에서 보이는 그런 결함들에서 한 발짝 물러나 있었다. 텍스트에 밀착해서 '시'의 윤리를 찾아내려고 노력하는 비평적 분투가 눈에 보였고 자기 나름의 언어로 시를 풀어쓰는 유려한 문장이 인상적이었다. 그러면서 시인 안희연의 자리를 정확하게 배치하는 안목도 갖추고 있었다. 아직은 서툴고 깊지 않고 독자와 소통하려는 의지도 채 여물지 않았지만, 심사위원들은 아직은 서툰 그 가능성을 믿어보기로 했다.

심사위원- 신수정(명지대 문예창작과 교수) · 김영찬(계명대 국어국문학과 교수)

2022 동아일보 신춘문예 당선 영화평론

최 철 훈

1991년 부산 출생
서울대 전기정보공학부 졸업
2022년 〈동아일보〉 신춘문예 영화평론 부문 당선
cch9892@gmail.com

영화적 실천의 가능성

- 켄 로치

최철훈

1. 영화를 통한 '포착'은 가능한가?

사회는 중층적인 구조를 가지므로 표면에 드러난 현상을 관찰하는 것만으로는 현상의 근원적 작용방식이나 통시적 구조에 대해 파악하기 쉽지 않다. 우리는 주어진 현상 밑으로 겹겹이 쌓여 상호작용하는 다층의 심급들을 면밀하고 치밀하게 해체-재조립하는 과정을 통해서 현상의 얼개를 다소간 추측해낼 수 있을 뿐이다. 그래서 최초로 현상이 관찰자의 시야에 포착된 이후, 여러 차례 현상을 전시 및 재전시하는 일만으로는 저변의 원인을 파악할 수 없고 심지어 적확한 원인 분석에 훼방을 놓기도 한다. 그렇다고 해서 현상을 전시하는 일 자체가 쓸모없다고 말해서는 안 된다. 현상은 전시를 통해 비로소 현상으로 드러나기 때문이다. 현상-전시-현상의 순환을 통해 '말해진 것'으로서의 현상은 '말함'으로서의 현상으로 끊임없이 전환된다.

현상-전시는 장르적으로 보면 다큐멘터리와 친밀하다. 다큐멘터리의 유용함은 '시야에로의 포착'이라는 그 기능적 특수성에 기인한다. 물론 이 '포착'은 그 안에 '전시'를 배태하고 있는 '포착-전시'로서의 '포착'이다. 다큐멘터리 제작자의 역할이란 이런 것이다. 시공간에 피어있는 온갖 현상들 가운데 특정한 현상을 선택하기-현상을 둘러싼 외물과의 경계를 정하고 현상과 얽혀있는 외물을 보기 좋게 제거하기-현상에 고유한 이름을 부여하고 전시용 프레임에 맞게 크기를 재단하기-관객이 드나드는 길목에 전시하고 관객으로부터 외면받기. 다큐멘터리는 '포착'을 통해 일상으로부터 현상을 구출한다.

그렇다면 픽션-영화(이하 '영화')를 통한 '포착'은 가능한가? 영화는 재단된 시공간에서 벌어지는 허구의 사건을 프레임에 담는다. 영화는 현상을 포착하지도 않고 포착된 현상을 전시하지도 않는다. 영화는 현상을 모방한다. 다큐멘터리가 포착해내는 데 실패한 이미지를 재현해내고 다큐멘터리가 밀고 들어가지 못하는 영역을 상상적으로 구축한다. 이때 영화가 구축하는 것은 '일상'이다. 다큐멘터리가 포착한 현상에서 마디마디 끊어져 있거나 일부가 탈각된 개인의 내밀한 일상을 모방을 통해 변용시켜 재조립함으로써 영화는 현상으로부터 다시금 일상을 구출한다. 이제 일상은 '사태'의 지위를 획득한다. 켄 로치의 영화는 '일상'을 '사태'로 지양시키는 끊임없는 시도라고 요약될 수 있다.

켄 로치는 '보여주기'를 통해 일상을 재현한다. 일용직 건축노동자, 미화원, 실직자, 미혼모, 이민노동자, 철도노동자, 택배기사의 지극히 평범한 일상을 시간의 흐름에 따라 기술한다. 대부분의 쇼트가 등장인물의 일터와 일, 집과 가족, 식사와 대화를 보여주고 있을 정도로 켄 로치의 일상에 대한 사랑은 지극하다. 켄 로치의 영화에서 갈등은 이러한 일상의 지속이 깨지게 되는 시점에, 기존의 일상을 유지하고자 하는 중심인물의 심리적 반작용으로서 제시된다. 집에 찾아와서 행패를 부린 채권자를 찾아가 다투다 실수로 죽게 만들거나(레이닝 스톤, 1999), 실업급여 상담직원의 관료적 태도에 화가 나 건물 외벽에 페인트로 신속한 행정처리를 촉구하는 글을 쓰거나(나, 다니엘 블레이크, 2016), 학업을 소홀히 하고 정학을 당한 아들이 자신의 차 키를 숨겼다고 의심해 뺨을 때리는(미안해요, 리키, 2019) 사건들은 모두 일상적 생존권을 위협받은 개인이 취하는 일종의 반사작용이다.

경영 효율화라는 명목으로 하루아침에 해고 통보를 받고(네비게이터, 2001), 굶고 있는 가족을 먹여 살리고 동생을 취직시키기 위해 남자에게 몸을 파는(빵과 장미, 2002) '일상'은 영화의 플롯 상에서 결코 '갈등'이나 '위기'로서의 지위를 얻지 못한다. 켄 로치의 주인공들은 숨 쉬듯이 생존에 대해 위기감을 느끼다가 도저히 견딜 수 없는 순간에 고통스럽게 숨을 참는 방식으로 자신을 향한 일상의 위협에 반사적 저항을 드러낸다. 그러나 아들 셉의 뺨을 때린다고 리키의 빚이 줄어들 리 있겠는가(미안해요, 리키). 지속할 수 없는 숨 참기의 고통은 결국 주인공들을 다시 숨 쉬게 만들고 일상의 위기 속으로 그들을 몰아낸다.

켄 로치가 '보여주기'를 통해 의도하는 최종적인 목표는 무엇일까? 그것은 아마도 '보여주기'를 통해 드러난 인물들의 삶의 본질적 변혁일 것이다. 그런데 켄 로치는 〈빵과 장미〉 이후로는 그 목표에 대해 거의 말하지 않는다. 특히 최근 제작한 〈나, 다니엘 블레이크〉나 〈미안해요, 리키〉에서 그는 변혁의 방향성에 대해서도, 변혁의 가능성에 대해서도 침묵으로 일관한다. 오히려 '당신이 선택한 삶이 아니냐'며 고통받는 주인공에게 책임을 물을 뿐이다(미안해요, 리키). 다니엘은 결국 질병 보조금을 받지 못한 채 심장마비로 사망하며(나, 다니엘 블레이크), 리키는 성치 않은 몸을 이끌고 택배 일을 하러 출근한다(미안해요, 리키). 조금도 나아진 것은 없다. 켄 로치는 우리에게 단지 보여주기만 한다.

이러한 '보여주기'는 관객의 '보기'와 대응한다. 본다는 것은 사태로부터 거리를 두고 벗어나 있음을 전제한다. 영화가 관객을 사태의 바깥으로 밀어내고 단지 '보기만 하라'고 지시할 때, 관객이 끊임없이 겪게 되는 것은 바로 외부인-됨이다. 사태와 어떠한 접점도 없이 사태의 바깥에 존재하는 관객은 영화를 보는 것으로부터 어떠한 정치성도 지향성도 이념성도 획득하지 못한다. 영화가 제공하는 것은 오로지 사태뿐이기 때문이다. 켄 로치는 영화를 통해 관객을 관객觀客으로서 호명할 뿐 다른 그 무엇으로도 호명하지 않는다. 관객은 그저 B-13이라는 좌석번호로, 또는 abc123라는 ID로 지칭된다.

한편, 주인공과 유사한 사회적 위치에서 삶의 위기를 겪는 관객은 주인공의 삶에 감정이입함으로써 동질감을 느끼기도 한다. 자신이 영화가 보여주는 사태의 당사자일 수도 있음을 예감하면서 스스로 사태의 안에 들어가 있다고 착각하는 이 관객은 그 순간 당사자성을 획득하게 되는데, 말하자면 내부인-됨이다. 이때, 관객은 사태의 바깥에 놓인 외부인의 위치에서 내부인으로 사태를 경험하게 되는 상황적 모순을 겪게 된다. 모순을 해소하고자 발버둥치는 관객은 이내 '보기'가 자신에게는 애

시당초 성립 불가능한 전제였음을 깨닫게 되고, 자신이 처한 모순으로 부터 '보기'의 불가능성을 연역해낸다. 결코 사태의 외부인일 수 없는 당사자적 개인은 끊임없이 외부인의 위치로 밀려나는 싱황에서 벗어나기 위해, '보기'를 중단하고 사태의 안으로 '들어가' 이를 직접 마주하려는 해체-재조립의 욕구를 느끼게 된다. 이로써 켄 로치는 호명하지 않음으로써 호명하는 의도된 아이러니를 이끌어 낼 뿐 아니라 짝으로서의 '보기'를 잃어버린 '보여주기'는 더 이상 '보여주기'로 머무르지 않게 된다.

2. 재현된 환부에는 고통이 있는가?

켄 로치는 영화를 통해 삶을 변용적으로 재현한다. 여기서 우리는 재현의 유효성에 대해 고민하지 않을 수 없는데, 말하자면 '재현된 환부에는 고통이 있는가'하는 문제이다. 넘어져서 살갗이 벗겨진 피부를 모사한다고 해서 그 벗겨진 살갗에 깃든 고통까지 베껴낼 수는 없다. 물론 그 재현된 환부를 보는 사람은 간접적인 고통을 느낄 수도 있다. 외상 환자의 사진이나 영상을 보면서 그 고통을 상상할 수 있듯이 말이다. 그렇지만 외상 환자의 사진이나 영상은 재현된 환부가 아니라 진짜 환부를 영상기술로 복제한 '복제된 환부'이고 재현된 환부는 태생적으로 거짓인 환부이므로 둘에 대한 관찰자의 간접감각을 동일한 방식으로 해석해서는 안 될 것이다. 이것은 다큐멘터리와 영화의 재현 방식에 대한 문제 제기기도 하다.

모방은 진실을 담지할 수 있는가? 얼마나 진실과 가까울 수 있는가? 영화가 일상을 재현하는 방식은 결코 진실을 드러내는 일이 아니다.

그것은 아무리 실재를 반영한다고 하더라도 연기와 소품과 인공조명에 의해 만들어진 허구이기 때문이다. 따라서 영화에 늘 따라붙는 질문은 허구를 통해 진실을 폭로하는 것의 유효성이다. 이러한 질문은 탈-은폐된 진실을 그 실증 불가능성을 트집 잡아 재-은폐한다. 그려진 삼각형은 삼각형이 아니며 그려지지 않은 삼각형은 존재하지 않으므로 삼각형의 내각의 합이 직각 두 개와 같다는 것은 결코 실증할 수 없다는 주장과 전혀 다르지 않은 방식으로 영화의 진실성-사실성-은 그 유효성을 의심받는다.

설령 이러한 궤변적 질문을 못 들은 척 넘겨버린다고 하더라도, 이 시대의 관객들은 영화 속 주인공의 연속된 일상이 크레딧이 끝남과 동시에 '파티'와 '인터뷰'로 돌변한다는 사실을 안다. 리키 역의 크리스 히친은 더 이상 하루 100파운드 남짓을 버는 택배기사가 아니다. 그는 켄 로치 감독의 선택을 받았다는 이력을 가지고 엔터테인먼트 산업의 품으로 돌아갈 것이다. 케이티는 더 이상 돈이 없어 생리대를 훔치는 미혼모가 아닌 드레스를 입고 인터뷰에 응하는 헤일리 스콰이어로 살아갈 것이다. 관객은 이 사실을 너무나 잘 알고 있다.

이처럼 관객이 재현된 환부의 비-존재성을 인식할 때, 영화적 서사는 사실성을 잃고 만다. 리키가 더 이상 리키가 아니라 크리스 히친임을, 케이티가 더 이상 케이티가 아니라 헤일리 스콰이어임을 인식할 때, 관객은 인물의 실재성을 부정하고 나아가 서사의 실재성마저 부정하기 때문이다.

그런데 바로 이 지점에서, 내부인으로 호명된 관객의 개입이 시작된다. '보기'가 재현된 환부를 비-존재로 명명할 때, '들어가기'는 허구성이 폭로된 서사가 빠져나간 자리에 내부인-된-관객의 실존을 꾸역꾸역 밀어 넣는다. 재현된 환부가 제거된 자리에는 생생하게 역동하는 내부인-된-관객의 환부가 드러난다. 크리스 히친이 빠져나간 리키는 한국의 200만 특수고용노동자 관객의 내부인-되므로 생기를 얻고 헤일리 스콰이어의 케이티는 이제 2만 명의 미혼모 관객의 삶으로 다시 빚어져 지금-여기의 케이티로 실재한다.

재현된 환부는 그 허구성으로 인해 부정되지만, 그것이 부정된 자리에 그러한 환부를 몸에 지닌 내부인-된-관객의 증언과 비명을 채워 넣음으로써 재현된 환부는 복제된 영상이 제시하는 '복제된 환부'보다 더욱 사실적인 환부-성을 획득하게 된다. 켄 로치의 작업은 이러한 부정의 변증법을 통해 '재현된 고통'의 존재성을 확보하는 데 성공한다. 여기까지 도달하면 '재현된 환부가 과연 유효한 보여주기인가' 하는 물음은 더는 문제가 되지 않는다.

3. 이중의 차단벽

켄 로치의 영화에는 외부인으로서의 관객을 투사하는 인물들이 반드시 배치되어 있다. 이들은 주인공의 아픔에 공감하면서 주인공에게 감정적 위로를 건넨다. 고용센터에 방문한 다니엘이 복잡한 신청 절차에 어지러움을 호소하자 멀리서 다가와 물을 건네는 앤이나(나, 다니엘 블레이크), 도움이 많이 필요한 노인을 추가 수당 없이 더 돌봐주면서도 원칙과 현실 사이에서 괴로워하는 아비에게 괜찮냐며 말을 건네는 버스정류장의 노년 여성(미안해요, 리키)이 이런 사람들이다. 이들은 내부인-됨에 실패한 관객이 그저 '보기'로서 주인공의 삶을 관찰할 때 외부인-된-관객의 마음속에 생겨나는 동정과 연민을 투사한 존재들로서 관객을 대신해 주인공과 접촉한다.

그러나 이러한 외부인적 인물들은 결코 내부인-됨에 성공하지 못하고 한계를 맞닥뜨린다. 다니엘의 인터넷 사용을 돕던 앤은 민원인에게 과도한 도움을 제공하지 말라는 상사의 제지로 인해 더는 다니엘을 돕지 못하고 자리로 돌아가 버리고(나, 다니엘 블레이크), 아비에게 말을 건넸던 노년 여성은 자신이 탈 버스가 오자 아비를 두고 떠난다(미안해요, 리키). 이들은 실질적으로 다니엘과 아비에게 도움이 되어주지 못하고 과제는 다시금 오롯이 다니엘과 아비에게 남겨지게 된다.

이와 같은 장치는 외부인-된-관객과 내부인-된-관객 사이에 이중의 차단벽을 세운다. 첫째는 서사 내에 외부인적 인물을 배치함으로써 외부인-된-관객이 서사 내로 '들어가려는' 시도를 차단한다. 내부인-된-관객은 주인공에게 감정이입하고 그들의 삶으로부터 당사자성을 획득함으로써 서사 내로 '들어가는' 반면, 외부인-된-관객은 이러한 당사자성을 획득하는데 실패한 탓에 자신이 느끼는 연민과 분노의 감정을 해소할 다른 수단을 찾게 된다.

만약 서사 내에 외부인적 인물이 존재하지 않는다면 외부인-된-관객은 이를 서사 외적으로 해소하고자 하는 욕구를 느끼게 되고 이는 영화의 바깥에서 내부인-된-관객에 대한 동정과 연민으로 나타나거나 또는 이를 둘러싼 사회제도에 대한 분노로 드러난다. 그러나 이러한 외부인-된-관객은 결국 내부인-된 관객과 계급적 이익을 달리하는 자들이기에 그들의 연민이나 분노가 실천적 변혁을 야기하는 최종 국면이 오면 그들은 필연적으로 계급적 이익에 따라 내부인-된-관객과는 상반된 선택을 할 수밖에 없다. 그 결과, 변화는 지연되고 동력은 상실된다. 켄 로치는 이런 상황을 너무나도 많이 겪어왔기에 서사 내에 외부인적 인물을 배치시킴으로써 외부인-된-관객의 연민과 분노를 그 인물을 통해서 해소시켜 버린다. 즉, 외부인-된-관객이 하고 싶은 말과 행동을 서사 내의 외부인적 인물이 대신하게 만들어 외부인-된-관객이 분노를 누그러뜨리고 고개를 끄덕이며 미소짓게 한다.

외부인-된-관객의 내부인-된-관객 방향으로의 접근을 차단한 뒤, 켄 로치는 서사 내 외부인적 인물의 개입이 주인공의 삶을 바꾸는 데 실패하게 만들어버림으로써 주인공에 대한 외부로부터의 도움의 가능성을 일소한다. 이것이 바로 두 번째 차단벽이다. 이는 내부인-된-관객이 외부인-된-관객에게 도움을 요청하거나 몸을 의탁하고 협력을 바람으로써 변화를 이끌어 낼 수 없음을 뜻한다. 켄 로치는 이렇게 이중의 차단벽을 세움으로써 외부인-된-관객과 내부인-된-관객 사이의 접촉을 양방향에서 모두 끊어버린다. 그리고 내부인-된-관객으로 하여금 오로지 의지하고 협력할 수 있는 이는 자신과 같은 계급적 이익을 가진 '당사자들' 뿐임을 인식하게 만든다.

이중의 차단벽은 '보여주기'라는 전략을 택한 켄 로치의 서사 전달

방식과도 맥락을 같이 한다. '보여주기'와 '이중의 차단벽'이 결합한 자리에는 숨겨진 마지막 차단벽이 모습을 드러내는데 이것은 주인공과 내부인-된-관객 사이의 차단벽이다. 재현된 환부가 제거된 자리에 내부인-됨을 통해 자신의 환부를 드러낸 내부인-된-관객은 이제 주인공의 자리가 비어있음을 알고 있다. 그리고 주인공에게 감정이입함으로써 당사자성을 획득한 관객은 주인공이 떠난 자리에 자기 자신이 들어앉아 있음을 보게 된다. 이때, '보여주기'는 주인공이 떠난 자리에 아무것도 남겨두지 않는다. 미래도 제시하지 않고 희망도 말하지 않는다. 그러니 내부인-된-관객이 받아 안을 것이라고는 아무것도 없다. 내부인-된-관객은 서사가 사라진 자리에서 자신의 환부를 직시한다. 그 누구의 것도 아닌 오직 나의 환부로서.

4. 영화적 실천의 가능성

켄 로치는 본인의 정치적 입장에 대한 영화적 실천의 가능성을 염두에 두고 있지는 않은 것 같다. 아니, 언뜻 보기에는 그렇게 보인다. 현상의 배면을 적극적으로 스크린에 등장시키지 않음으로써 영화는 이중의 패배를 겪는데 이에 대해 켄 로치가 취하는 조치라고는 아무것도 없기 때문이다. 이중의 패배란 첫째는 영화의 내적 패배이다. 켄 로치의 영화에서는 등장인물의 삶이 서사적으로 어떠한 변화도 겪지 못하고 그 상태 그대로 원점으로 돌아가서는 다시 이어진다. 밥은 실직자로 등장해서 영화가 끝날 때까지 제대로 된 직장을 구하지 못한다 (레이닝 스톤). 다니엘은 영화 초반에 질병 보조금 신청이 기각되었다는 편지를 받았는데 후반부까지 질병 보조금을 받지 못한 채 결국 심장마비로 사망하고, 케이티는 제대로 된 직업을 갖지 못한 미혼모로 살아간다(나, 다니엘 블레이크). 리키는 빚을 내서 운송용 밴을 구입해 열심히 일하는데, 일 때문에 가정에 불화를 일으키고 몸을 다치면서도 돈을 벌기 위해 눈물을 흘리며 밴을 몰고 일을 나간다(미안해요, 리키).

두 번째는 영화의 외적 패배이다. 영화가 개봉하고 택배기사의 노동환경이나 사회제도가 바뀐 것이 아무것도 없다는 사실이 이를 말해준다. 영화를 통해 서사 내의 내러티브적 승리도 성취하지 못하고 서사 외부의 매체-실천적 승리도 이루어내지 못했다는 사실에서 승인되는 이중의 패배는 켄 로치의 영화가 과연 실천의 가능성을 담지하고 있는지 의문을 품게 만든다. 실천의 가능성이 배태되어 있지 않은 영화라면 그 영화를 통해 그는 과연 무엇을 할 수 있는가? 애초에 무엇을 하려고 했는가?

켄 로치는 끊임없이 패배를 만들어내는 감독이다. 그는 최선을 다해서 패배를 창조해낸다. 수백 명의 스탭이 주인공 몇 명을 이중, 삼중으로 패배하게 만들기 위해 인생을 걸고 시간을 쏟는다. 켄 로치는 있는 힘을 다해 주인공을 넘어뜨린다. 주인공이 속한 가정과 계층과 사회를 넘어뜨린다. 최선을 다해서 장기 말을 정해진 위치에 가져다 놓고 넘어뜨리는 작업. 켄 로치의 영화는 다분히 의도적으로 이러한 작업-넘어뜨림-을 수행한다. 말이 결코 바로 설 수 없는 울퉁불퉁한 말판으로 그것을 있는 힘을 다해 끌고 와 바로 그 자리에 넘어뜨리는 것. 넘어짐을 기억하고 기록하는 일. 그 자리, 그 순간을 기억하는 일. 켄 로치는 말을 넘어뜨려 놓음으로써 '다시 세울 수 있음'을 불러낸다. 말을 끌고 와 넘어뜨리는 과정은 언젠가 그 자리에서 말을 다시 바로 세울 수 있음을 내포한다. 즉 '다시 일으킴'을 '넘어뜨림'의 안티-테제로 소환해 '넘어뜨림'의 내부에 트로이 목마처럼 심어놓는 것이다.

영화는 다시 일으킴을 의도적으로 유예함으로써 매번 말이 넘어진 자리와 시간을 말판에 새긴다. 넘어진 말을 통해 관찰자가 언젠가 말판의 울퉁불퉁함을 인식해내기를 바라는 마음으로 계속 말을 갖고 와서 넘어뜨리고 그것을 바로 세우려는 시도를 지연시킨다. 말을 바로 세우려는 시도는 말판의 울퉁불퉁함을 은폐하고 '다시 일으킴'의 실패를 말을 바로 세우려는 자의 개인적 패배로 만들어버리기 때문이다. 따라서 켄 로치는 말을 바로 세우려 하지 않는다. 계속해서 새롭게 넘어뜨릴 뿐이다. 넘어뜨림으로써 말판의 울퉁불퉁함을 사람들에게 폭로하고자 한다. 그리고 누구도 함부로 말판을 뒤집어엎거나 숨길 수 없도록 그 자리에 있는 그대로 남겨 둔다.

5. 켄로치를 기억하기

켄 로치의 영화적 실천은 완결적이지 않다. 이것은 그가 스스로 영웅이 되기를 거부한다는 뜻이고, 연대적 실천의 희망을 품고 있다는 뜻이며, 누군가 울퉁불퉁한 말판을 고쳐서 말을 일으킬 수 있는 자리를 만들게 될 것이라고 깊게 확신하고 있다는 뜻이다. 켄 로치는 영화를 통해 자신의 실천이 그의 세대를 넘어 이후 세대로 이어질 것이라는 믿음을 드러낸다. 이러한 믿음은 매번 최선을 다해 말을 넘어뜨리는 그의 영화작업을 통해 분명하게 읽어낼 수 있다.

켄 로치와 그의 영화를 사랑하는 관객으로서 해야 할 일은 한가지다. 그를 기억하는 것. 그가 넘어뜨린 말을 기억하는 것. '내부인-됨'을 통해 발판으로 '들어가서' 그 공간과 그 시간에 나 자신을 넘어뜨리는 것. 내가 넘어져 있음을 기억해내는 것. '다시 세울 수 있음'을 기억해내는 것. '외부인-된-관객'은 차단벽 너머로 '보기'만 할 뿐이고 '내부인-된-관객'은 자신의 환부를 드러내놓고 죄다 '넘어져' 있을 뿐이라는 사실을 기억해내는 것. '다시 일으킴'이란 곧 '스스로 다시 일어남'이자 '스스로 다시 일어나자고 소리침'이며 '내부인-된-관객-들'의 '다 같이 다시 일어남'임을 기억할 것.

21세기 한국 사회에서 무수한 '넘어짐'이 목격된다. 고용불안, 열악한 근무환경, 과도한 노동시간으로 곳곳에 필연적인 절망이 도사리고 있다. 죄다 '넘어져' 있는 곳에서 자신이 넘어져 있다는 사실조차 인식하지 못하는 사람들은 날마다 잘리고 베이고 치이고 쓰러지고 사라지는 삶을 겪어낸다. 다시 일어나기 위해서는 다시 일어나자고 소리쳐야 한다. 다시 일어나자고 소리치려면 내가 넘어져 있다는 것을 인정해야 한다. 내가 잠시 쭈그려 앉아 있는 것이 아니라 넘어져 버렸음을 알기 위해서는 피가 흐르는 환부를 직시해야 한다.

켄 로치를 기억한다. 그가 넘어뜨린 말들이 다시 일으켜 세워지는 날이, 그의 희망과 확신이 현실이 되는 그날이 멀지 않았음을 감히 예감해본다.

돌이 던져졌다
물결이 일렁였고
그것을 잠재우기 위해
어리석게도 나는
슬픔을 떠올렸다

영화는 각자의 방식으로 시대를 반영한다. 나는 켄 로치의 방식이 좋았다. 좋아서 더 봤고 더 읽었다. 읽다 보니 쓰고 싶어졌다. 쓰는 순간은 호기로웠고 쓴 끝은 부끄러웠다. 부끄러움을 무릅쓰고 원고를 보냈다. 그건 켄 로치를 기억하기 위한 나만의 작은 의식儀式이었다.

당선 소식은 잔잔한 물 위에 던져진 조약돌처럼 나의 일상에 달려와 부딪쳤다. 미처 대비하지 못한 부딪침이라 옷매무새를 가다듬는데 꼬박 하루가 걸렸다. 달라진 것은 없다. 나의 일상은 변함없이 이어질 것이다. 그리고 그 일상 속에서 나는 켄 로치의 영화가 남겨준 과제를 하나씩 풀어갈 것이다.

졸고를 손에 쥐고 막막하다 여기셨을 심사위원의 노고에 감사드린다. 진주알 같은 순간을 함께한 친구와 불민한 제자를 참고 기다려주시는 선생님께도 감사드린다. 무엇보다도 언제나 내 삶을 응원해주시는 부모님께 깊이 감사드린다.

새롭게 다가온 영화, 새로운 접근 '신선'

'켄 로치-영화적 실천의 가능성'을 읽고 느낌이 왔다. 모처럼 제대로 된 비평을 만난 것 같았다. 다큐멘터리는 현상-전시, 즉 현상을 통해서 현실을 드러내는 것이 가능한 장르라고 한다면 픽션영화(극영화)는 현상을 모방한다. 켄 로치 감독은 역설적이게도 극영화를 통해서 현상-전시를 추구해 왔다. 그렇다면 어떻게 영화적 실천이 가능한가. 그는 보여주기를 통해서 일상을 재현하고, 재현된 환부를 통해 고통을 보여주려 한다. 이를 위해서는 이중의 차단벽이 필요하다. 감독은 양자의 관객 사이에 차단벽을 설치해 주인공의 삶에 개입하는 것을 막는다. 그리하여 그의 영화는 두 번의 패배를 거칠 수밖에 없다.

로치의 영화에서 차단벽 내의 등장인물들은 원하는 것을 얻지 못한다. 첫 번째 패배다. 또 그의 영화가 재현하고 있는 외적 현실은 여전히 바뀐 것이 없다. 차단벽 너머의 관객은 그저 방관만 할 뿐이다. 두 번째 패배다. 이처럼 영화적 실천은 늘 미완으로 남는다.

그렇다면 왜 그는 영화를 만들고 있는 것일까. 그는 이중의 차단벽 속에서 실패를, 즉 무수한 넘어짐을 기록하고 그저 폭로할 뿐이다. 그리하여 그의 영화를 사랑하는 관객이 해야 할 일은 한 가지인데, 그를 기억하는 것이다. 이처럼 요약할 수 있는 평자의 글에서 본

심사자는 로치의 영화적 실천에 대한 새로운 해석을 읽을 수 있었다. 이 밖에도 영화 '미나리'와 '노매드랜드' 등을 다룬 몇 편의 뛰어난 평문들도 있었으나 이 글의 치밀성을 넘어서기에는 다소 부족했다고 판단했다.

심사위원- 김시무 영화평론가(국제영화비평가연맹 한국본부 회장)

2022 문화일보 신춘문예 당선 문학평론

전청림

1992년 서울 출생
이화여자대학교 도자예술 및 철학과 졸업
동 대학원 국어국문학과 박사과정
2022년 〈문화일보〉 신춘문예 문학평론 부문 당선
chunglim.jun@gmail.com

감성의 연금술과 만짐의 기술技術/記述

-김초엽, 천선란, 정세랑의 SF소설을 중심으로

전청림

1. 감정의 유물론과 '만짐'의 망탈리테

감정에도 '몸'이 있다. 물성이 있고, 두툼하고, 만져진다. 만져지기 때문에 만짐이 있고, 만짐이 있기 때문에 만져짐이 있다. 다소 선문답 스러운 이 '몸'의 정체화가 중요한 이유는, 감정의 물성이라는 '몸'의 개념으로부터 능동과 수동의 구분이, 주체와 타자의 구분이 사라지기 때문이다. 이때 비로소 감정이 나만의 것이라는 자기동일성은 불가능 하며, 감정은 자기 자신만의 감정일 수 없다. 감정은 반드시 타인을 통과하며 지연되고, 얽힘을 겪어야 한다. 그리고 이 뒤엉킴을 전제하는 것이 '몸'이다. 몸은 타인을 향한 만짐을 가능하게 하는 동시에 나의 만져짐까지도 포함한다. 즉, '몸의 있음'으로 인해 나의 살갗은 타인을 만지는 동시에 타자에 의해 만져진다. 만(져)짐의 행위는 이렇게 타자 를 향한 열림이 된다.

'감정의 유물론'이라고 부를 수도 있는 이러한 감정의 정체화는, 감 정이 생물학적인 개인의 본능적인 표현이 아니라 사람과 사람 사이의 관계 맺음으로부터 촉발된다는 정동 이론의 통찰이 전해주는 것이기도 하다. 감정은 부대낌이자 만남이고, 힘들의 역학이며, 순간으로만 자신을 노출한다. 감정 연구의 어려움은, 주체 안에 고여있지 않은 이행의 근거를 개념화하고 그 반복과 지난함을 규명하는 것에 있다. 몸과 감정은 언어의 한계에서 끈적끈적한 침처럼 흘러내리고, 사유의 한계를 유발하는 딸꾹질과 같은 것이다.

최근의 과학소설 작품들이 보여주는 공상과학적 상상력은 '확장된 마음'으로서의 몸에 대한 사유와 감정의 부대낌을 묵직한 물질성으로 규명해준다는 점에서 문제적이다. 그러나 이들의 작품은 감정을 딱딱하게 굳혀서 깨지지 않는 어떤 것으로 만드는 것이 아니라, 유동하는 감정의 형상화될 수 없는 어려움을 만져지는 물질로 사유하게 한다. 공상과학적인 연금술의 상상력을 통해 물질화된 감정은, 싸늘한 쇳내를 풍기는 이성의 '타자'로 존재하는 것이 아니다. 물질화된 감정은 이성이라는 용접공에게 기꺼이 몸을 내어주는 수은이다. 감정은 '사유하는 몸'[1]으로서, 이데올로기와 감정 사이의 매개성을 입증하는 질량으로 자리하기 때문이다. 감정이 묵직한 질량이라면, 이 질량은 사라지지 않는 보존의 물질인 동시에 사회라는 다양한 스펙트럼의 운동 속에서 늘 새롭게 현상된다.

감정은 손에 잡히는 순간 빠져나가고 기화되는 '지금'과 '여기'의 실재성이자 사유의 한계점으로 존재한다. 현전도 부재도 아닌, 사유하기 어려운, 찍어 맛볼 수도 없고 붙잡을 수 없기에 일순간 기화되어버리고 마는 마음이라는 존재를 고체로 만드는 감정의 연금술은 SF의 과학적 상상력에서 새롭게 재현된다. 이들이 그려내는 감정의 유물론적

---

1) 장-뤽 낭시,『코르푸스』, 김예령 옮김, 문학과지성사, 2012, 113쪽.

사유는 신자유주의와 과학주의 시대인 현대의 혐오주의 속에서 공포와 불안으로 드러나는 감정의 양태들을 소통과 접촉의 장으로 조심스럽게 옮겨온다. 보이지 않는, 만질 수 없는, 그래서 남들과 같은지 다른지조차 확인할 수 없는 불안한 감정을 나와 사회를 잇는 중심 고리이자 경첩인 '물질'로 재사유하는 것이다. 눈에 보이고 만져지는 감정은 혐오 시대의 불안과 고독감에서 벗어나 돈독한 공감의 토양이 될 채비를 마친 참이다.

물질화된 감정의 몸을 더듬으며 우리는 타자의 공간인 바깥을 향해 나아간다. 바깥은 주객 비분리의 실상實狀을, '존재'를 실행시키는 장이다.[2] 감정의 연금술을 이루는 우리 SF의 상상력은 부대낌이라는 이행 속에서 서로의 살갗을 더듬으며 바깥을 감각하려는 만짐의 '기술技術'이다. 그러나 동시에 감정의 '존재'와 '몸'이라는, 의식과 인식 내에 흡수되지 않는 차원을 만지기 위한 노력은 글쓰기라는 상상력의 장에서만 가능하다는 점에서 궁극적인 만짐은 '기술記述'을 통해 가능해진다. 무한한 글쓰기의 장에서 기껏해야 피와 살덩이를 덮을 뿐인 나의 살갗은 유한하고 비좁기만 하다. 그리하여, 소유의 살갗을 공유의 살갗으로 전환하는 만짐의 기술技術은 우리 과학소설의 계보가 그려내는 무한한 상상력의 기술記述 속에서 활기를 찾게 된다.

2. '물성'이라는 감각적 구체: 김초엽, 「감정의 물성」

2019년 벽두, 한 시대를 마감하고 새로운 시대를 시작하는 길목에서 SF의 힘찬 약진을 알린 김초엽은 「감정의 물성」(『우리가 빛의 속도로 갈 수 없다면』, 허블, 2019)에서 비물질적인 것의 물질화라는 문제를 깊게 파고

---

2) 박준상, 『떨림과 열림』, 자음과 모음, 2015, 10쪽.

든다. 미움과 불안, 잔혹한 혐오로 장악된 '퇴행'의 정동 속에서 아름답게 정제된 감정의 결정체結晶體를 건져내 보겠다는 신호다. 순도 백퍼센트의 감정적 물질을 걸러내는 이 연금술은 조잡한 신비주의에 의탁되지 않는다. 오늘날 사람들이 가장 사랑하는 과학의 언어, 즉 가장 이성적인 언어를 통해 설득력 있게 다루어지고 있기 때문이다. 그러나 약품과 오존 냄새가 코를 찌르는 이 연금술에서 살아남는 것은 단연 이성이 아닌 감정이다. 이성을 무기로 한 감정의 장악이 아닌 타자와의 '공생가설'을 향한 이성의 노력이 SF의 문학적 알레고리로 기능하고 있기 때문이다.

SF의 마음의 연금술은 감정의 과잉이 현실의 적대로 이어지기 쉬운 작금의 사태에서, 감정마저도 가장 이성적인 언어인 과학을 경유하지 않고서는 신뢰받기 어렵다는 사실을 증명하는 것이기도 하다. 「감정의 물성」에서 주목할만한 점은, 물성을 획득하고 자신만의 몸뚱이를 얻은 '감정 덩어리'가 어떻게 곧바로 상품 가치에 예속되고 마는지를 명민하게 보여준다는 것이다. 소설 속에서 '감정체'라고 불리는 물질화된 감정들이 시장에 의해 양산되고, 판매되고, 금지되는 양상은 감정이 지배 이데올로기에 의해 관리되고, 조절되고, 통제되는 '감정 이데올로기'의 측면을 축약해서 보여주고 있다. 개인적 · 일시적 · 내면적 요소가 아닌 집단적 · 유동적 · 사회적 이데올로기로서 감정의 개념을 '물질화된 감정'의 상품화와 도구화를 통해 가시화하고 있는 것이다. 이때 물질화된 감정은 개인이 아닌 집단, 객체가 아닌 공동과 보편의 차원에서 운동하며 '공동적 감정체'로 기능한다. 타인과 공유되는 감정은 '함께' 느끼지 않으면 무의미한 공공성을 가진다는 사실을 입증하는 것이다.

감정이 스스로의 육체를 얻는다는 물리적 상상력은 '감각하는 신체'를 정제화시켜 '감각되는 덩어리'로 산출하며, '느끼는 살'을 '느끼게 하는 살'로 전환시킨다. 티인의 언어와 표현, 몸짓으로만 감각될 수 있는 무형無刑의 감정이 기술의 집약이라는 연금술을 통해 '감정체'라는 물성으로 몸을 입는다. 이로부터 감정은 인간의 살갗과 촉각이 느낄 수 있는 질감을 얻는다. 가령 뾰족하거나 거친 모양으로, 혹은 특별한 향기가 나는 후각의 차원으로까지 발전한다. '감정'이 신체적 질감과 묵직한 질량의 옷을 입음으로써 현전과 부재, 지금과 여기라는 차원에서만 현상화될 수 있었던 감정의 숭고함이 탈신성화와 세속화를 이룩하게 된 것이다.

그러므로 "물성은 어떻게 사람을 사로잡는가"(218쪽)의 문제에 천착하는 소설의 중심은 육신의 옷을 입은 감정의 세속화, 즉 자본주의화에 관한 질문과도 맞물린다. 기술복제시대의 예술작품처럼, 아우라가 탈각된 신성은 곧바로 무한 복제의 시장에 직행한다. "이모셔널 솔리드"라는 회사에서 출시된 감정의 물성은 돌맹이처럼 생긴 공포체, 우울체, 증오체 등의 기본적인 형태를 지니며, 비누, 향초, 패치 등의 제품으로 파생된다. 감정이 저 자신의 육신을 얻을 때, 인간의 상상력은 그것을 살아있는 끔찍한 괴물의 모습이나 전혀 위협적이지 않은 물건으로 형상화하기 마련이다. 「감정의 물성」이 택한 상상력은 후자의 방법이다. 그럼에도 육신을 얻은 감정은 자신의 괴물성을 숨기지 않고 내보인다. '나'에게 감정의 물성은 "이상한 상품의 견본품"(191쪽)이자 "도저히 정체를 짐작할 수 없"(193쪽)는 것이다. 고체라는 물성을 얻은 감정이지만, 이성이라는 쳇물에 완전히 용해될 수 없는 감정의 특수성이 수수께끼처럼 존재하는 것이다.

감정이 가진 괴물성은 '물신'이라는 시장 내의 신화적 기호에 의해 곧바로 전이된다. 감정의 물성을 바라보는 주체의 눈이 소비자의 눈으로 옮겨지며 괴물성을 향한 방어기제가 시장을 매개로 작동하는 것이다. 물성을 얻은 감정이 시장에서 유행하고, "인터넷 커뮤니티와 문화면 기사"(201쪽)를 휩쓸며 시장의 '제품'으로 희석되는 모습은 '물성'이 '물신'의 작용으로 이행되는 과정을 그대로 적시한다. 침착의 비누, 설렘의 초콜렛, 집중 패치의 유행은 "의미가 배제된 감정만을 소비"(214쪽)하는 일로, "손안에 있는, 통제할 수 있는 감정"(204쪽)을 향한 욕망으로 여겨진다. 주체는 자신을 소비자, 즉 '호모 에코노미쿠스'로 호명하는 한에서만 감정의 물성을 손에 넣을 수 있다. 소비자에게 의미 있는 상품 가치는 사회적 인정으로부터 온다는 점에서 감정체가 내포하는 감정의 의미는 고립된 주관성이 아니라 사회라는 유동성의 장에서 그 가치가 발견된다고 할 수 있다. 시장이야말로 타자의 장이라는 점에서, 감정은 역동적인 사회관계와 집단화된 주관성 내에 존재하는 것이 된다.

서사 전반에서 감정의 물성에 부정적인 눈초리를 내비치는 '나'는 감정체의 유행에 문제를 제기하는 인물이다. 이때 '나'는 감정체의 소비와 유행에 "다들 너무 순진한 거 아니야?"(204쪽)라는 반응을 보이며 스스로를 사회의 외부로 위치짓는다. 그는 자신을 '알고 있다고 가정된 주체'로 상정하는 도착적인 주체이다. 그러나 감정은 사회적이고 집단적으로 형성되는 산 경험이기 때문에, 누구도 감정의 이데올로기에서 자유로울 수 없다. 감정은 실존의 양태로 존재하는 사회적 과정이기 때문이다. 이때 '나'의 부정적 시선에 대답하는 '유진'의 말은 시사적이다.

"선배는 이해할 수 없겠지만 제 생각은 이래요. 물성이라는 건 생각보다 쉽게 사람을 사로잡아요. 왜, ▷면 콘서트에 다녀온 티켓을 오랫동안 보관해두는 사람들도 많잖아요. 사진도 굳이 인화해서 직접 걸어두고, 휴대폰 사진이 아무리 잘 나와도 누군가는 아직 폴라로이드를 찾아요. 전자책 시장이 성장한다고 해도 여전히 종이책이 더 많이 팔리고. 음악은 다들 스트리밍으로 듣지만 음반이나 LP도 꾸준히 사는 사람들이 있죠. 좋아하는 연예인들의 이미지를 향수로 만들어서 파는 그런 가게도 있고요. 근데 막상 사면 아까워서 한 번도 안 뿌려보는 사람들도 있다고 하더라고요."

내 얼굴에 떠오른 표정이 바보 같았는지 유진은 씩 웃더니 한마디를 덧붙였다.

"그냥 실재하는 물건 자체가 중요한 거죠. 시선을 돌려도 사라지지 않고 계속 그 자리에 있는 거잖아요. 물성을 감각할 수 있다는 게 의외로 매력적인 셀링 포인트거든요."(205-6쪽)

유진의 말은 물성을 획득한 감정이 시장에서 여러 가지 "라인별로 다른 가격"(206쪽)으로까지 분화되며 물신화되는 작용을 적시하고 있기는 하지만, 그녀가 하는 그 이상의 중요한 이야기는 감정이 사회적 집단 내에서 수용되고 형성되며 공유되는 속성에 대한 것이다. 사람들이 콘서트 티켓이나 종이책을 소비하듯 감정체들은 "향과 질감, 권장 사용시간, 맛, 모양"(206쪽)에 따라 수용되고 사용자들은 이에 반응한다. '나'는 이것을 "퍼포먼스나 예술", "플라시보"(206쪽)일 뿐이라고 이야기하지만, 바로 그것이야말로 감정이 집단 속에서 사회관계의 재

현으로 나타나는 양식일 수밖에 없다. 실제로 소설의 후반부에 감정
의 물성은 마약성 물질로 판명됨에 따라 식약처로부터 전면 수거됨과
동시에 판매가 금지되고, 실질적인 효능이 시시한 수준으로 확인된다.
실질적 효능이 없는 감정체들에 대한 반응이 플라시보에 불과하다는
'나'의 의심은 들어맞지만, 역설적으로 그 시시한 증명 속에서 감정의
흐름은 집단 환각과 퍼포먼스의 차원에서만 가능하다는 사실이 도출
된다.

　감정체의 소비가 이루어지는 장場은 반드시 타자를 경유한 시장이어
야 한다. 바로 이 면을 자세히 밝히는 것이 이 소설의 결말과 함께 중
요한데, 타자의 공간인 시장을 경유한 감정체야말로 단순히 내면화되
고 사적인 것이 아닌 공동체와 집단 사이에서 공유되는 것이라고 말
할 수 있기 때문이다. 그게 아니고서야 감정체가 사람들 사이에서 유
행하는 상황을 설명할 수 없다. 감정체는 혁신적인 '신제품'이기 때문
에 주목받지만, 이것이 감정의 육체라는 괴물성을 감추고 각광받는 이
유는 그것이 시장이라는 속물적 집합 속에서 '함께'의 의미로 작동되
고 있기 때문이다. 즉, 내가 느끼는 우울이 너의 우울과 같다, 내가 느
끼는 기쁨이 너의 기쁨과 같다는 공통감이 시장이라는 타자의 장을
매개로 형성되고 있는 것이다.그러나 이 공통감은 교환가치의 세상이
라는 불안하고 유동적인 시장을 매개로 하기에 속물의 타인지향적 감
정이다. 그 공통감은 진정성이 결여된 속물의 공감이자 허구의 공감
이다. 그러므로 시장 내에서 이루어지는 감정체의 소비는 "의미가 배
제된 감정"(214쪽), "의미가 담긴 눈물이 아니라 눈물 그 자체"(215쪽)인
허울뿐이다. 의미와 내용이 필요하지 않으므로 기쁨도, 공포도, 슬픔
도, 외로움도 등가로 교환된다. 순도 높은 감정의 물성이 그야말로 '순

수상태의 속물성'으로 기능하는 것이다.

  "소비가 항상 기쁨에 대한 가치를 지불하는 행위라는 생각은 이상
  합니다. 어떤 경우에 우리는 감정을 향유하는 가치를 지불하기도 해
  요. 이를테면, 한 편의 영화가 당신에게 늘 즐거움만을 주던가요? 공
  포, 외로움, 슬픔, 고독, 괴로움…… 그런 것들을 위해서도 우리는 기
  꺼이 대가를 지불하죠. 그러니까 이건 어차피 우리가 늘 일상적으로
  하는 일이 아닙니까?"(214)

  시장이 발휘하는 힘은 주관적이고 내면적인 속성인 감정을 물신화
된 상품이라는 객관적이고 현실적인 위력으로 환원하는 것에 있다.
"나는 감정에 통제받는 존재일까? 아니면 지배하는 존재일까? 나는
허공중에 존재하는 것 같기도 아닌 것 같기도 해."(217쪽)라는 보현의
말처럼, 우리는 "허공중에 존재"하기 때문에 공감에 매달릴 수밖에 없
다. 그러나 감정의 물성이 물신이 된 이 소설의 공간에서 공감은 시장
이라는 극악한 욕망의 장소를 매개로 할 수밖에 없으며, 이는 감정체
라는 감정의 물성을 손에 쥐고도 스스로가 감정을 통제받는지 혹은
지배하는지를 인지할 수 없는 '불안'을 주체에게 자아내게 된다. 불안
은 교환가치에 불과한 상품과 집단적인 자기기만의 세계라는 시장을
매개로 한 공감으로부터 나온다는 점에서 시장의 유동과 흐름을 그대
로 떠안는 불안정성이 내포되어있는 것이다.
  이제, 우리는 보현이 불안정한 상품에 불과한 우울체에 그토록 매달
리는 이유를 알 수 있다. 공동체 의식의 부재에서 비롯된 고립감을 사

회적 마음인 시장으로부터 위안받으려는 절실함과 고독이 그 대책 없
는 소비 속에 깃들어 있다. '멍청한' 소비라며 면박을 주고 차라리 정
신과 상담을 권유하는 '나'의 조언은 보련의 소비에 영향을 줄 수 없
다. 시장을 매개로 한 감정을 손에 넣는 일은, 어느 정도의 상호주관
성을 기반으로 한다는 점에서 짧고도 강한 위안을 주기 때문이다. 그
러나 그 위안은 가짜이므로 그녀에게는 수십 개의 우울체와 병원에서
받아온 항우울제가 동시에 필요하다. 우울체가 가져오는 속물적 공감
과 타인지향성의 불안은 항우울제가 주는 내면의 안정으로 잠재워질
것이기 때문이다.

3. '매개'로서의 몸의 난제: 천선란, 「어떤 물질의 사랑」

피부 아래의, 살갗 아래의 공간에서 신체의 리듬으로 존재하던 감정
이 저 자신의 육신을 얻을 때 그 신묘함은 곧바로 시장의 논리에 의해
환원될 수밖에 없음을 「감정의 물성」에서 확인했다. 교환가치의 세계
속에서 '물신'으로서의 여행을 멈추고 다시 '물성'의 세계로 돌아온 감
정은 다시 인간의 육체에 발을 붙인다. 이로부터 시장에서의 여행을
멈추고 신체에 정박한 감정의 육신은 이전처럼 '살덩이' 속으로 침잠
하는 것이 아닌 '살갗'이라는 경계로 기능하는 변화를 겪는다. '살'이
주체의 내부로 다시 향하는 것이라면, '살갗'이란 '내 몸'이라는 고유
성이 사라지는 자리로 스스로 제공되고 노출되는 사건이다.3 바깥으
로 노출되는 살갗과 지상으로부터 무한한 해부학적 도축을 자아내는
몸이야말로 끝나지도 요약되지도 않을 가능성을 가져오는 개방의 몸
짓이 되기 때문이다.

---

3) 김예령, 「몸과 접촉의 사유: 낭시는 쓴다」, 『자음과모음』 2017년 겨울호, 199쪽.

여기, 배꼽도 성별도 없는 '어떤 물질'로 존재하며 무한한 해부를 요청하는 살갗이 있다. 이때 해석의 다카포, 즉 영원한 도돌이표의 대상이 되는 것은 '배꼽'이라는 기원이 아니라 '살갗'이라는 매개이다. 천선란의 「어떤 물질의 사랑」(『어떤 물질이 사랑』, 아작, 2020)에서는 배꼽이 없고 생식기도 없이 알에서 태어난 주인공이 등장한다. 기원이 유별나다는 것이 몸의 첫 번째 난제라면, 사랑에 빠질 때마다 성별이 바뀌는 것이 두 번째 난제에 해당한다. '나'의 몸의 난제는 라온으로부터 비롯되었는데, 라온은 "상대방과 같아지려는 습성 때문에 계속 모습을 바"꾸고, "영원히 약속하고 싶은 상대를 만나면 딱 한 번 알을 토해"(148쪽)내는 지구 밖 외계인이다. 엄마에게 양육 받으며 살고 있지만, '나'를 탄생시킨 것은 라온이기 때문에 그는 엄마인 동시에 아빠가 될 수 있는 몸의 난제를 안고 있는 인물이기도 하다. 엄마와 라온은 '나'를 탄생시킨 후 우주선의 문제로 헤어졌지만, 사랑하는 사람을 찾기 위해 지구를 다시 찾은 라온은 '나'를 남겨두고 엄마와 함께 지구를 떠나게 된다.

이 소설을 지배하는 주제는 육체의 인간적 기원을 잃은 '나'가 "무엇도 되고 무엇도 되지 못하고 아무것도 되지 않아도"(121쪽) 되는 몸의 난제로부터 시작하여 "모두가 다 서로에게 외계인"(143쪽)이라는 깨달음으로 나아가는 것에 있다. 부정적 박탈에 대한 긍정적 박탈, 즉 박탈에 대한 박탈을 보여주는 주제 의식이 이 소설을 지탱하는 것이다. 이로부터 소설은 정상적인 몸의 기원과 형상이 비정상적 몸에 대한 부정적으로 박탈로 기능하는 상황을 되비추고, 이를 다시 '모든 인간은 비정상적이다'라는 명제를 통해 모든 정상적인 기원을 긍정적으로 박탈시키고 있다. "'원래 그런'건 없어. 당연한 것도 없고."(96쪽)라는 엄마의 말로부터 '나'는 어쨌든 "이 세상에 있"(111쪽)다는 것의 진실을 긍정하게 된다. 그리고 이 진실을 뒷받침해주는 이는 라오이다. 머문 자리에 에메랄드빛의 비늘조각이 떨어지는 라오의 몸은 성별로는 특정지을 수 없는 비현실적인 '나'의 몸이 가진 기이함을 용해하며, "지구에는 다른 기준"(131쪽)이 필요하다는 '나'의 문제의식을 심화시킨다.

"눈도, 코도, 귀도 다 다르잖아요. 손가락 크기도 다르고 머리카락이 나는 방향, 심어진 눈썹의 개수도 다르잖아요."(139쪽)라는 라오의 말로부터 '나'는 기원이 강제하는 "틀린 것"(152쪽)과 "원래 그런"(147쪽) 것의 편견에서 벗어난다. 그러나 문제적인 것은 가슬가슬한 소설의 난제가 전혀 풀리지 않았고, 오히려 심화되었다는 점이다. 서사의 후반부 "너는 너야. 끝까지 무엇이라고 굳이 규정하지 않아도 돼."(153쪽)라는 엄마의 말은 얼핏 답을 내려주는 것 같지만, 서사 중반 '나'가 제기한 질문으로 다시 돌아가는 도돌이표의 기능을 한다.

나는 내 몸의 난제를 생각하지 않을 수 없었다.

처음에는 어떤 것도 아니라고 생각했다. 그러다 어느 한순간은 무엇이라도 다 맞다는 생각이 들었다가, 지금은 굳이 나를 무엇으로든 규명하지 않으려고 한다. 나는 무엇도 되고 무엇도 되지 못하고 아무것도 되지 않아도 된다. (121쪽)

앞서 우리는 '나'의 몸의 난제가 비단 '나'만의 문제가 아닌 모든 지구인에게 해당되는 문제라고 살펴보았다. 그렇다면 위의 인용문은 모든 지구인을 외계인으로 만들고, 그들의 몸을 모두 극도로 심각한 난제로 심화시키는 가장 악랄한 난이도의 문제은행이라고 할 수 있다. 이때의 '몸의 난세'가 중요한 이유는, '매개'이자 '살갗'으로서의 몸이 가지는 기능을 상기시키기 때문이다. 규정하지 않아도 되는 몸은 순전한 살덩이일 뿐이다. 그러나 타인과 만나는 장 속에서 살덩이의 표면이 되는 살갗은 언제나 끝없는 해석을 요청하는, 혀와 문자의 해부로 도출되는 몸이다. 살갗은 각질이 되어 늘 자기 자신으로부터 탈락하는 자신이며, 또 새롭게 돋아나는 표피이다. 타자에게 가 닿음으로써 만지고, 역으로 또 만짐 당하는 경계의 장이 바로 살갗이라는 물듦의 몸이다. 그럼으로써 살갗은 끝나지 않는 존재 기원의 운동으로, 제 기원을 '다시' 시작하여 노래하는 '다카포'의 무한한 변용을 가능하게 한다.[4] 살갗은 경계-되기의 몸이자 접촉을 일으키는 사건의 장인 셈이다.

난제를 가진 살갗은 그 자체로 어려운 몸이다. 소설은 이 어려움을 "어떤 물질"(153쪽)이라는 몸이 지닌 '온도'와 '빛깔'로 녹여내며 난제를 긍정적으로 전유한다. '나'에게 지구인과 다른 몸이 부정적 박탈로 기능한다면, '나'의 몸은 차라리 무한한 해석의 난제 그 자체로 남는 것이 더욱 긍정적일 수 있다. 그리고 이 무한한 해석의 다카포는 타자와의 만남을 고통이 아닌 긍정으로 전환시킨다. '나'의 살갗의 반짝임이 타인과의 사랑 안에서 비로소 긍정되는 것처럼 말이다. 살갗은 '밖-갗으로의 노출'[5]이라는 점에서 나로부터의 절삭을 가능하게 하는 표피이며, 바깥을 향해 존재하는 나를 감각하게 하는 출발점이다.

---

4) 김예령, 앞의 글, 202쪽 참조.
5) 장-뤽 낭시, 앞의 책, 36쪽.

민혁이는 내가 좀 특이해서 좋다고 했다. 그게 무슨 뜻이냐고 되묻으니, 자기도 정확한 이유는 말할 수 없지만 나를 보고 있으면 뭔가 특이하다고 했다. 그리고 가끔 내 몸에서 수영장 물빛이 반사되어 빛난다고 했다. (103쪽)

라현아, 그거 아니? 너는 가끔 빛이 반사하는 것처럼 몸이 반짝거린다? 그게 무척 예뻐, 가만 보고 있으면 너는 진짜 빛나. (110쪽)

민혁과 풀잎, 선배라는 세 인물과 사랑을 나누는 '나'는 자신의 몸이 긍정되는 과정을 몸의 빛을 통해 전해 듣는다. "수영장 물빛"처럼 반짝거리는 몸은 '나'의 살갗에 대한 긍정이자 무한한 해석을 요청하는 다카포의 기원이 된다. 이 반짝임은 선배와의 만남에서 실질적인 "탐구"(119쪽)의 대상이 된다. 서로의 몸을 자세히 관찰하고 탐구하는 관계 속에서 선배는 "세상은 다양하구나. 존재하는 것도 이해할 수 없는 게 세상인데, 앞으로 보이지도 않고 형태도 없는 미래 걱정은 좀 덜해야겠어."(119쪽)라는 말로 그 감탄을 대신한다. '나'의 몸의 반짝임은 빛의 스펙트럼처럼 다양함의 대상이자 끝없는 변용의 매개가 되는 것이다. 중요한 것은, 바로 그 변용을 이루어내는 사랑의 '온도'이다.

이 사랑은 어떤 물질로 이루어진 사랑일까. 나를 꽉 끌어안은, 차갑지도 뜨겁지도 않은 이 미적지근한 온도의 사랑은. 엄마가 내게 마지막으로 알려준 것은 온도였다. 이 온도를 기억하고 있다가, 이런 온도의 존재를 만나야 한다고. (153쪽)

살갗은 해석의 다카포이자 해부와 탐구의 장이지만, 약간의 누름으로도 생채기를 입는 과민한 피부 끝의 몸이다. '온도'로부터 우리는 다시 살갗이라는 몸의 감정으로 되돌아온다. 우리에게 중요한 깃은 탐구와 해부 그 이전에, 살갗에 적절한 온도이다. "차갑지도 뜨겁지도 않은" 적정 온도는 해부가 이루어지는 타자성의 장에서 나의 살갗도 남의 살갗도 보호할 수 있는 만짐의 기술을 요한다. 이 온도는 메스의 차가움도, 용광로의 뜨거움도 아닌 편안한 미적지근함이다. 이 사랑의 온도는 아주 오래된 메타포이다. 냉정과 열정 사이의 온도, 이성과 감정 사이의 온도, 나와 타자 사이의 온도인 경계의 온도이자 뒤섞임의 온도이다. 차게 식은 시체의 온도도 열병에 걸린 환자의 온도도 아닌, 살갗에 안전한 온도인 삼십육점오도의 항상성. 이로써 피와 살이 표피 아래에 흐르는 살색의 독특성은 온도에 반응하는 리트머스지처럼 다채로운 빛깔로 나타난다.

4. '열림'을 위해 만(져)지는 살갗: 정세랑, 「목소리를 드릴게요」

빛깔, 온도, 해석의 다카포는 몸과 감정이 가진 매개성을 해명해주기는 하지만, 여전히 난제를 해명하지 못한 '슈뢰딩거의 고양이'처럼 미봉책에 불과하다. 그것이 내부에 품고 있는 괴물성을 조심스럽게 덮어두고 해석의 무한한 변용이라는 포장지만을 사유하기 때문이다. 그래서 매개 아래의 몸은 자족의 포만감으로 넘쳐나며, 해석의 무한한 변용은 서로가 서로에게 외계인이라는 상대주의의 반복으로 금세 변질될 우려가 있다. 신진 SF 작가들의 부상과 약진에도 불구하고 정세랑이 가지는 단단한 힘은 바로 여기에서 나온다. 그녀는 인간이 가지는 감정-몸의 괴물성을 직접적으로 마주하며 매개의 미봉책에 불과했던 몸을 '통로'와 '열림'의 입구로 사유한다. 이로부터 몸은 매개에서 '건넴'의 자리로 들어선다.

「목소리를 드릴게요」(『목소리를 드릴게요』, 아작, 2020)에서 문제가 되는 몸은 '괴물'이라고 불리는 '보균자'들이다. 소설의 초점인물인 여승균은 목소리만으로 16명의 살인자를 발생시킨 영어 교사이며, 마취제를 맞고 수용소에 감금된 자신을 발견하게 된다. 이 수용소에는 머리카락을 흘리는 것만으로도 다른 사람들의 생각을 전염시키는 머리카락 선동가 정하민, 스스로 발병하지 않지만, 온갖 바이러스와 세균을 타인에게 옮기는 김경모, 시체를 파먹는 구울(ghoul) 이수현이 감금되어 있다. 이들을 관리하는 간수들은 일목인一目人으로, 한 가지만 집요하게 파고드는 '괴물' 중 하나이지만 원하는 요소 하나만 충족해주면 뭐든 가리지 않는 성격을 지니기 때문에 국가에서 공무원으로 선출된다.

승균과 같은 '괴물'들은 "괴물끼리 항체"(164쪽)가 있기 때문에 서로가 옮지 않지만, 이들 사이에도 종류가 있다. 수용소를 "나갈 수 있는 괴물과 영원히 나갈 수 없는 괴물"(212쪽)이 나뉘기 때문이다. 승균과 하민은 '성대 제거술'과 '전신 체모 레이저술'을 받으면 수용소를 나갈 수 있지만, 슈퍼 보균자인 경모와 구울인 수현은 그렇지 못하다. 그러나 이 구분과 관계없이 괴물들은 수용소를 제집처럼 편안히 여긴다. 이들은 자기 자신의 괴물성을 잠재우지 못해 "자발적으로 갇힌 사람"(163쪽)이며, "수용되어 있는 게 아니라 보호받고 있는"(167쪽) 형국이기 때문이다. 언젠가 닥칠 성대제거술에 대비해 노래방 기계로 실컷 노래를 부르던 승균 역시 "나가지 말아버릴까?"(171쪽)라는 말로 수용소에서의 삶의 만족도를 표시한다. 건조하고, 소박한 수용소의 삶은 안락한 자궁처럼 편안하다. 밥을 먹고 나면 "좋은 나라야……."(159쪽)라고 중얼거릴 만큼 균형 잡힌 메뉴가 나오고, 원하는 물품을 살 수 있으며, 나라의 세금으로 자유와 호사를 누릴 수 있다.

그러나 수용소의 만족노는 수용소 내의 사람들에 대한 '헌신'과 '애착'에서 비롯되는 것이며, 소속감과 일체감, 정서적 애착으로부터 등장하는 가짜 만족이다.[6] '괴물'들이 모인 고향에서는 그들이 '괴물 아닌 것'과 마주하며 받은 상처가 용해되지만, 그 기쁨은 자족의 우물이자 고립의 함정이다. 수용소에서 인기 있는 "한 방향으로만 소통의 올드미디어"와 "세기가 바뀌지 않은 것 같은"(175쪽) 분위기는 수용소가 가진 이와같은 단절성을 반영한다. 괴물들은 "무자비한 동반자"로서의 나 자신의 괴물 같은 심연[7]을 인정하는 괴물, 즉 '괴물을 인정하는 괴물'이기 때문에 수용소의 단절된 삶을 제 자신의 집처럼 환영한다. 그러나 수용소의 삶에 대한 헌신은 "자유를 대가로 지불"(176쪽)하는 호사라는 점에서 퇴소를 거부하는 '길들여진 괴물'의 삶 그 이상 그 이하도 아니다.

이 가짜의 만족을 깨트려주는 소설의 계기는 바로 신연선이라는 새로운 입소자이다. 그녀는 주변인을 중독자로 만든 혐의로 수용소에 갇히지만, 수용소 내에서의 삶을 거부하며 비명을 지르거나 격렬하게 항의하는 등 다른 수감자와는 다른 모습을 보인다. 그러나 인간이란 얼마나 징그러운 적응의 생물이던가. 나갈 길이 없다는 걸 받아들이고, 수용소에 적응하고부터 연선은 달라진다. 그녀는 수현의 머리를 땋아주고, 하민의 게임을 정복하고, 승균의 노래방 기계를 점령하는 등 이들의 "하루하루를 새롭게 만"(186쪽)들며 수용소의 "황금기"(188쪽)를 이

---

6) 어빙 고프먼, 『수용소』, 심보선 옮김, 문학과지성사, 2018, 207쪽 참조.

7) 슬라보예 지젝, 「이웃들과 그 밖의 괴물들」, 케네스 레이너드 외, 『이웃』, 정혁현 옮김, 도서출판b, 2010, 229쪽.

끄는 이물이다. 소설의 갈등은 연선이 폐렴, 세균성 피부염, A형 간염, 말라리아 등에 거듭 감염되면서부터 시작된다. 이 병들이 슈퍼 보균자인 경모로부터 감염이 되는 것이라면, 연선은 괴물끼리의 항체가 없다고 볼 수 있는 일반 시민이기 때문이다. 그러나 소장을 비롯한 수용소의 관리자들은 자신들의 실수를 회피하며 연선을 위한 대응에 능장을 피운다. 이로부터 그녀는 수용소와 괴물의 존재에 물음을 던지는 존재가 된다.

경모와 소장의 대화를 계단참에서 엿듣던 승균은 예전과 달리 괴물이라는 단어에 흠칫하지 않았다. 민감한 단어였는데 익숙해졌는지 아무렇지도 않았다. 지금까진 아무도 대놓고 말은 못 했지만 그들은 괴물이었다. 자조적인 뉘앙스로 말하는 괴물이 아니라 과학적으로 증명되는, 괴물들 간의 면역으로 증명되는 괴물들. 그리고 그들 사이에 괴물이 아닌 연선이 던져졌던 것이다. 어떻게 그렇게 큰 착오가……? (191쪽)

여기에서 "민간인을 사찰"(192쪽)하는 나라의 폭력이라거나 괴물을 판별하는 국가 수용소의 모호한 기준이라거나 하는 권력 문제에의 비판은 접어두자. 정세랑의 SF적 상상력은 괴물을 말 그대로 "자조적인 뉘앙스로 말하는 괴물이 아니라 과학적으로 증명되는 괴물"로 그려내고 있기 때문이다. 괴물은 괴물이다. 그러나 이 괴물이 어떤 괴물인지 알아야 한다. 특이한 신체를 가진 괴물, 신체의 괴물성 탓에 감금된 괴물이 바로 수용소의 괴물들이다. 동시에 이들은 "시스템에 등록된 시민"(167쪽)이기도 하다. 몸의 불가해성을 가진 이들은 과학적으로 증명된 괴물이기도 하지만, 결국 모든 사람이 가지는 괴물성을 현시하기 위해 감금된 십자군이자 선발자이기도 하다. 즉, 수용소의 괴물들은 인간이 가지는 몸의 괴물성이 "공동체를 위해 희생"(168쪽)될 때 어떤 모습으로 드러나는지, 그리고 그 희생에 대해 어떻게 스스로가 대처해야 하는지에 대해 알려주는 문학적 알레고리로 기능하는 것이다. 나의 나 자신에 대한 불가해성은 큰타자의 불가해성과 결정적으로 연결되어있기 때문에, 수용소의 괴물들이 가지는 몸의 불가해성, 즉 그들의 괴물성은 우리 모두에 대한 괴물성과 연결되어 있다.

승균은 연선의 등장으로부터 "자신이 폭력성을 완전히 제어할 수 있는 이상적인 시민인데도 갇혀 있다는 게 갑자기 믿을 수 없어"(192쪽)진다. 괴물이 괴물이기를 자처하고 스스로를 감금하는 것만으로는 이 사회의 괴물성이 사라지지 않는다. 누구나, 평범하게 괴물이다. 연선을 수용소 바깥으로 내보내는 한 바탕의 소동이 벌어진 후, 수용소가 이들을 대하는 "교묘한 폭력"(209쪽)이야말로 그 기초적인 악마성을 짐작케한다. 승균을 비롯한 수감자들은 지하에 감금되고, '여 선생'이라고 불리던 승균에 대한 호칭은 '저 새끼'로, 수감자들이 누리던 노래방과 당구대, 게임 등의 문화 향유물은 압수된다. '길들여진 괴물'이 '저항하는 괴물'이 되는 순간 인간의 몸에 문신처럼 새겨진 무서운 사물성은 권력관계와 폭력성의 게임의 세계 속으로 빠져든다. 한때 '길들여진 괴물'이었던, 그러나 연선의 탈출을 도우며 '저항하는 괴물'이 되어버린 승균의 선택이 중요해지는 시점이다. '나갈 수 있는 괴물'이라는 선택권을 쥔 자로서 그가 택하는 결말이 괴물성을 지닌 인간이 통과해야 할 미래를 형상화하기 때문이다.

연선을 만나러 갈 것이다. 찾아가면 그 알 수 없는 얼굴로 알 수 없는 표정을 짓겠지. 수술대는 추웠고, 의사는 어쩌면 의사가 아니라 정부가 보낸 사람이라 수술을 하는 척 승균을 죽일 수도 있겠지만, 승균은 미소 지었다. 마취약이 들어올 때, 의사가 숫자를 거꾸로 세라고 했는데 승균은 전혀 엉뚱한 말을 남겼다.

하필이면 사랑이 일목 대상인 일목인처럼.

물거품이 될 각오가 선 인어처럼.

"목소리를 드릴게요." (215쪽)

승균에게 목소리는 체계적인 교육자의 육성으로, 노래방의 유희로, 세상을 향한 무기와 "협박의 도구"(202쪽)가 되었다가, 마침내 '제거'된다. 그것은 "양심의 가책"이자 "피부의 도드라진 부분"(207쪽)으로, 타인과의 부대낌에서 전적으로 제거되어야 할 무엇이기 때문이다. 국가적 폭력의 장場인 수용소를 나가기 위해 무고한 시민이 자신의 목소리를 제거하다니, 결말이 허무맹랑하고 폭력적이라고? 그렇다. 그러나 바로 이 지점이야말로 자신의 몸을 포기하고 타자의 장으로 내처 나간다는 한 주체의 선택이 얼마나 폭력적이고 힘든 일인지를 정세랑이 강조하는 부분이다. "목소리를 드립니다"라는 승균의 외침은, 물거품이 될 각오가 된 인어의 결심과도 같으며, "아버지, 이것은 진정 나의 몸이니, 내 영혼을 정녕 당신에게 바칩니다"라는 예수의 절규와도 같지 않은가.

타자의 장에 들어선다는 것은 자기 자신의 몸 전체를 잃을 각오를 예비해야 하는 것이기도 하다. 이 고통의 지점에는 단지 벌어지고 잘리고 해부되고 파괴되고 분산된 '주체'가 있을 뿐이다.[8] 괴물성을 지닌 몸에는 뜨겁고 타들어 가는 무자비한 칼날이 꽂히고, 굳은살의 단단함은 잘게 잘려지고 썰리며, 피부 사이로 갈라진 틈은 문이 된다. 단단한 자기동일성이 순수 접촉의 장이 되기 위해, 몸이 열려있는 일종의 '봉투'가 되기 위해, 매끈하고 팽팽한 살에 타인이 허용될 주름이 지기 위해, 내가 내 몸을 영원히 모르기 위해 나는 내 몸을 당신에게 바친다. 그럼으로써 몸은 낯선 것이, 타인의 무단 침입을 허용하는, 타인에게 남용의 권리를 허락하는 것이 된다.

몸의 열림으로부터 만(져)짐을 긍정하는 정세랑의 박피는 '붕괴와 불일치와 분열'을 긍정하는 그녀의 글쓰기의 특징에서 비롯된다. "읽는 행위에서 발생하는 빛에 대해 자주 생각한다……실존하는 사람들과 실존하지 않는 사람들이 교류하는 그 경험에 빛이 아닌 다른 이름을 붙이기는 어렵다"[9]라고 말하는 정세랑의 작가정신은 만짐의 기술技術은 몸의 쓰기라는 기술記述을 통해 제대로 실현될 수 있다는 이 시대 SF의 망탈리테를 견인하는 듯하다. 그 적절한 빛이야말로 몸들의 열림을 가시화되는 여명의 빛이며, 하나의 몸이 빛을 기록하는 공간이 되는 만짐의 빛이라고 볼 수 있다.

5. 혐오 팬더믹과 언택트 시대의 통과의례

김초엽, 천선란, 정세랑 작가가 보여주는 만짐의 망탈리테는 '왜 지금 여기, 우리에게 SF가 당도하였는가'라는 질문에 대한 적절한 증명이자 공식이다. SF의 부상이 인공지능의 시대, 과학기술의 시대인 21

---

8) 장 뤽 낭시, 앞의 책, 81쪽.
9) 정세랑, 「붕괴와 불일치와 분열로 바깥을 본다」, 『아뇨, 문학은 그런 것입니다: 문학동네 100호 특별부록』, 문학동네, 2019, 377쪽.

세기만의 문학적 현상이라는 발상만으로는 부족하다. 혐오 정동이 팽배하고 감정의 퇴행이 만연한 현시대의 '감정 이데올로기'의 측면을 함께 고려해봐야 하기 때문이다. 팬더믹이라는 초유의 사태와 맞물린 사회적 거리두기는 '마음의 거리두기'라는 차원과도 맞물려 혐오 정동과 감정의 퇴행을 더욱 가속화시킨다. 「목소리를 드릴게요」의 슈퍼 보균자가 수용소에 감금된 상황처럼, 강제 추행이 만짐을 정당화할 수 없는 것처럼, 우리에게 만짐은 마음 깊숙한 곳에서 극도로 절제되고 차단된다.

　만짐의 망탈리테는 언택트 시대에서의 마음의 접촉이 어떻게 이루어져야 마땅한지를 보여준다. 이들 소설에서의 만짐은 신체의 직접적인 만짐이 아니라 유물화된 마음의 차원에서 이루어진다. 김초엽의 감정의 물성, 천선란의 어떤 물질, 정세랑의 목소리는 이런 점에서 만지지 않고도 만져질 수 있는 감정-몸의 차원으로 만짐의 차원을 확장한다. 이 세심한 접촉은 문학이라는 읽기와 쓰기의 차원에서의 교류를 전제하지 않고서는 그 힘을 얻지 못한다. 이로써 우리의 몸에 아로새겨진 '감정이 있는 심연'은, 바깥을 가장 멀리 보기 위해 가장 가까운 현미경을 동원하는 SF의 감수성으로부터 '감정이 있는 실험'의 장으로 전환된다.

사람이 좋다. 생활의 냄새가 좋다. 따뜻하다.

정겹고 상냥하다가도 금세 덧나고 그리워지는 이 세계가 좋다. 사랑하고, 나름으로 죽고, 장식粧飾하고, 아쉬워하는 그 가운데 우리가 있었노라고 선언하는 문학이 좋다. 문장의 맛이 좋다. 누구를 부르는 소리, 망설이는 발자국, 비가 올 때의 촉감. 읽어도 읽어도 도무지 만만치 않아서 좋다. 무작정 선하지 않아 더 좋다.

묘하다. 흑과 백이 겉도는 무채색의 활자로부터 예술적인 세계구상이 펼쳐지고, 누군가의 진정 어린 온기가 살포시 다가온다는 것. 문학이 주는 온기가 있어 아침과 저녁, 환한 때도 어두울 때도 늘 설렐 수 있었다.

짧게 기뻐하고, 다시 문학으로 설레고 싶다.

김미현 선생님께 감사드린다. 아낌이 없게 풍부하고 값진 가르침을 주셨다. 어려운 시기에 좋은 소식을 드릴 전해드릴 수 있어서 기쁘다. 이곳, 문학이라는 회색지대의 깊이를 알려주신 서영채 선생님께 감사드린다. 늘 열정적으로 가르침을 주시는 이화의 선생님들께 깊이 감사드린다. 미국에서 응원과 격려를 보내주시는 신기욱 선생님, 글 짓는 법을 알려주신 강영숙 신생님께도 감사히다. 더 잘 쓰기 위해 몸부림치겠다는 다짐을 보태며, 심사위원 김형중 선생님께도 감사의 인사를 올린다.

내 자리를 존중해주신 집안 어른들께 인사드린다. 묵묵히 믿고 기다려주셔서 고맙다고 이야기하고 싶다. 마음 따뜻하게 격려해주는 신호등 친구들이 있어 우정의 의미를 깨닫는다. 의지가 되는 대학원 선후배들에게도 고맙다. 마지막으로, 찬림과 세은에게 사랑의 인사를 전한다. 단단한 마음의 구석을 만들어가는 매일이 기쁘고 고맙다.

'SF적 윤리'에 넓은 시야 확보…
세심한 작품해석에 설득돼

올해 문화일보 신춘문예 문학평론 부문 투고작은 총 18편이었다. 편수는 작년에 비해 줄어든 셈이다. 그러나 심사가 쉬웠다고 말하기는 힘들 듯하다. 한두 편을 제외하고는 정독이 필요할 만큼의 밀도를 갖춘 투고작들이었기 때문이다. 투고작들 중 압도적으로 많았던 것은 작가론이었다. 그 중 '역사와 예술의식-정지돈론' '단 하나의 희지를 위한 되풀이-누적 없는 반복에 의한 시적 거리두기'(황인찬론), '앓음에서 읊음으로, 존재에 말 걸기-김경후의 시 세계'가 눈에 띄었다. 세 글 모두 대상 작가(시인)의 문학 세계에 관해 정밀하고 심도 깊은 분석을 보여주었다. 다만 공히 아쉬웠던 것은 이른바 '맥락 속에서 읽기'의 미덕이 결여되어 있다는 점이었다. 한 작가(시인)의 문학 세계를 분석하는 데 골몰한 나머지 그들이 현재 한국의 문학장에서 점하고 있는 위치, 문제성, 가능성 등에 대한 넓은 시야를 확보하는 데에는 실패할 수밖에 없었달까? 신인들에게 그런 넓은 시야를 바라는 것 자체가 과도한 요구일 수도 있겠으나 그런 기대에 부응하는 투고작도 있었기에 하는 말이다. '회고록, 가정법-2020년대 새로운 소설 비평에 부치는 서설'이 그런 글이다. 2000년대부터 현재까지 한국 문학장의 비평 담론들을 비판적으로 조망한 뒤, 야심차게도 '2020년대 새로운 소설 비평'의 초석을 놓아 보겠다는 포부가 활달했다. 그러나 결국 그 포부가 글 전체를 두루 관통하는 데 성공한 글은 아니었다. 정공법을 피해, 혹은 마땅한 정공법을 아직 찾지 못했다는 듯 외국 문학의 사례로 우회하다가 평이한 제안으로 끝나는 결말은 좀 밋밋했달까? **'감정의 연금술과 만짐의 기술(技術/記述) -김초엽, 천선란, 정세랑의 SF소설을 중심으로'**가 유달리 돋보였던 것은 그런 이유였다. 무릇 좋은 비평의 초입에는 '시야의 확보'가 전제되어야 한다. 그러니까 '지금, 여기' 한국의 문학장 어디쯤을 어떤 방식으로 초점화할 것인가를 판독해내는 능력 말이다. 한 신인 평론가가 최근 한국의 문학장에서 '김초엽, 천선란, 정세랑'을 소환해서는, '감정의 물질성, 살갗, 만짐, 장 뤽 낭시' 등의 범주와 레퍼런스를 비평적 도구로 삼아, 'SF적 윤리'에 대한 고찰을 설득력 있게 수행했다면, 그는 이미 정확하고 넓은 시야를 확보한 평론가임에 틀림없다. 세심한 작품해석에 설득당했다는 말도 첨언한다. 당선을 축하한다.

심사위원- 김형중(평론가)

2022 부산일보 신춘문예 당선 영화평론

최 범 석

1996년 서울 출생
중앙대학교 문예창작학과, 사회학과 전공
2022년 〈부산일보〉 신춘문예 영화평론 부문 당선
dbchli96@naver.com

길 잃은 현존재들의 시간

- 찰리 카우프만 〈이제 그만 끝낼까 해〉

최범석

I. 방향 상실의 로드 무비

영화의 원제는 〈i'm thinking of ending things〉다. '이제 그것들을 끝낼 생각이다'이거나 '나는 끝나는 것들에 대해 생각한다'이다. 주인공 루시는 만난 지 6, 7주 된 남자친구 제이크의 가족을 만나러 자동차 여행을 떠난다. 루시는 처음부터 끝나는 것, 끝낼 것들에 대해 생각하고 끝까지 그 생각을 따라간다. 영화는 고전 영화의 1.33:1의 좁은 화면비를 활용하면서 루시와 제이크의 대화와 둘의 관계에 초점을 맞춘다. 영화가 시작한 후 30분 동안 자동차 안에서 루시와 제이크의 대화를 보여주고 다음 30분간은 제이크 부모와의 이상한 사건을 보여준다. 남은 1시간은 집으로 돌아가려 하지만 그렇게 하지 못하는 과정을 보여준다. 루시는 끝나는 것에 대해 생각하지만 원래 자리로 돌아오지 못하고 이상한 곳으로 흘러 들어간다. 이 영화는 가장 기이한 로드 무비 중 하나라고 할 수 있을 것이다. 부조리극의 스타일을 활용하는 영화는 이상한 회귀의 여정 속으로 관객을 이끌고 간다.

영화의 주제의식은 하이데거의 저작 『존재와 시간』과 이어진다. 시간의 인식과 불안 같은 것들이 그러한데 하이데거는 인간을 시간과 존재의 의미를 더한 현존재라는 개념으로 일컫는다. 존재는 시간화하며 세계 속에 공존한다. '나'를 현재라는 시간성 속에서 밝혀내고자 했던 시도는 〈이제 그만 끝낼까 해〉의 여정과 맞닿아있다. 본 비평은 〈이제 그만 끝낼까 해〉를 『존재와 시간』에서 드러난 하이데거의 시간과 존재에 대한 인식과 함께 읽어낼 것이다.

1. 분절된 순간의 중첩과 반복

영화는 끊임없이 중첩의 과정을 거친다. 모든 시간(과거, 현재, 미래)이 그렇고 모든 인물들이 그렇다. 루시는 제이크고 그의 부모이기도 하며 청소부, 털시 타운의 직원이기도 하다. 루시의 직업은 물리학자였다가 화가, 영화 전문가, 노인학 학생, 웨이트리스가 된다. 제이크의 집에서 본 어린 시절 사진은 루시의 어린 시절로 착각되고 제이크 부모의 집에서 돌아올 때는 루시와 제이크의 성격이 바뀌기도 한다. 제이크는 울 것 같다가도 마치 그런 대화를 하지 않은 것처럼 말하고 갑자기 장난기가 있는 성격으로 바뀐다. 브르르 때문에 감정을 주체하지 못하고 핸들을 친다. 루시는 신경질적이었다가 이내 차분해진다.

사건 역시 중첩 혹은 대체의 과정을 거친다. 둘은 식사를 회상하는데 제이크는 영화와 다른 이야기를 한다. 아버지와 루시의 대화는 잘 통했고 루시는 와인을 많이 마셨다. 루시는 제이크 부모의 집으로 가는 도중 살면서 가장 많은 헛간을 봤다고 하지만 돌아가는 길에 농장이 있는 곳에서 초등학교를 다녔다고 말한다. 루시는 제이크가 자신을 에임스라고 부르는 걸 듣고 생경해한다. 영화는 끊임없이 자신이 준 정보를 반박하고 갱신하는 방식을 반복한다.

영화에서 제이크와 가장 많이 겹쳐 보이는 사람은 털시 타운의 직원과 청소부다. 제이크와 청소부가 건네주는 슬리퍼가 같고 제이크의 세탁기에 있던 R이 쓰인 옷과 청소부의 옷이 같다. 청소부가 강당에서 연습하는 배우들을 쳐다보는 것은 마치 그가 뮤지컬 '오클라호마'를 연기했던 과거를 떠올리는 듯하다. 차에서 떠나지 못하는 청소부는 제이크 부모의 다툼과 루시가 집으로 오던 날의 제이크를 떠올린다. 시점 쇼트로 제이크를 비추기에 이 시선은 루시의 것 같기도 하다. 제이크는 학교에서 배척당한 부류에 대해 이야기하는데 그때 인서트 장면의 학생은 털시 타운의 직원이다.

동일시의 과정과 함께 끊임없이 분절되는 상황도 생성된다. 영화 연출적으로 컨티뉴이티는 끊임없이 깨어진다. 연속적인 장면이라 하더라도 카메라 위치가 바뀔 때 인물의 위치도 바뀌어 무언가 변한 듯한 느낌을 준다. 루시의 행동이 연속적이라도 주변 인물들이 어느새 다르게 행동하거나 대화의 분위기가 달라져 미묘하게 시간 차이가 있는 것처럼 느껴지기도 한다. 영화의 상황들은 시간적으로 분절되었으나 동시적인 성격을 지닌다. 제이크의 아빠는 한순간 머리가 세고 기억을 잃어버리며 엄마는 침대에서 죽어간다. 아빠는 이내 젊어진 모습으로 등장한다. 한 공간에 분절된 시간이 동시에 존재하는 것이다. 그러다가 엄마는 젊어지고 제이크의 이유식을 묻힌 옷을 세탁해 달라고 말한다. 그 옷은 늙은 제이크 엄마의 옷이자 이후 제이크 아빠가 가져다주는 옷이기도 하다. 시간은 교차되고 물건(옷)에 과거와 현재, 미래의 흔적이 남는다. 이와 함께 강아지 지미가 남기는 지하실 문의 자국도 시간의 흔적이다. 어린 시절 제이크의 방에는 루시의 시 '본도그'가 있는 책이 있고 죽어버린 혹은 죽을 지미의 유골함이 있다. 또 제이크가 브르르를 버린 고등학교의 쓰레기통에는 브르르 컵이 수백 개가 꽉 채워져 있다. 이처럼 흔적 보관소 혹은 기록물로서의 물건과 공간은 계절에 따라 꽃이 피어나고 지듯 유사한 형태의 삶이 반복적으로 지속되었음을 암시한다.

시간의 분절적이며 동시적인 성격은 루시의 말과 연결된다. 루시는 우리가 시간을 지나가는 것이 아니라 시간이 정지해있는 우리를 지나간다고 말한다. 이것은 인간의 주체성이 아니라 시간에의 수동성을 보여준다. 루시가 제이크의 부모를 지나가는 시간인 것처럼 느껴졌을 때 그녀는 제3자의 위치에서 쇠락해가는 가족을 바라본다. 하지만 루시는 다시 시간에 놓인 인간이 된다. 인간은 종속적인 위치에서 시간을 왜곡시킨다. 루시가 창밖에서 본, 차에만 내리는 눈은 시간이란 동일하게 적용되는 것이 아니라는 것을 의미한다. 자동차는 겨울이 지나도 부모의 집에 처음 도착한 계절을 기억한다. 영화에서 시간의 상대성은 물리학이 아니라 인지에 관한 것이다.

루시가 시간이 우리를 지나쳐간다고 할 때 초점을 맞춰야 하는 것은 '우리가 시간을 지나쳐가고 있다고 믿지만'이라는 대사다. 우리는 시간을 종종 혹은 자주 오해한다. 인간이 정지시켜놓은 시간은 그 자체의 정지라기보다는 인식이 행한 정지일 것이다. 시간은 그 자체로 인간에게 받아들여지는 게 아니라 주관적인 인식에 따라 다르게 받아들여지고 기억된다. 하이데거에 따르면 시간이 연속된다는 인식은 통속적이다. 하이데거는 시간성을 기재하면서 현전화하는 장래로서의 근원적 시간과 지금이라는 시점의 연속으로 이해된 파생적 시간으로 나눈다. 근원적 시간은 또한 본래적 시간성과 비본래적 시간성으로도 구분된다. 본래적 시간성은 죽음으로 선구하면서 기재를 반복하는 순간으로서의 시간성이며, 비본래적 시간성은 예기하면서 간직하고 기재를 망각하는 현전화를 말한다. 영화는 통속적이고 파생적인 시간으로부터 탈피하고 근원적 시간으로 향하지만 본래성을 찾는 문제에 있어 망설이고 또 망설인다.

본래성을 찾으려는 과정에서의 인식은 감정과 시간, 심지어 존재까지 정지시키고 왜곡한다. 강아지 지미는 두 번째 등장에서 루시의 앞에 있다는 정보는 있지만, 화면에 나오지 않고 세 번째 등장에서는 화면에 나오지만, 인물들은 지미를 마치 없는 것처럼 대한다. 있는 것은 없는 것이 되고 없는 것은 있는 것이 된다. 공간에 남겨진 시간은 지미와 마찬가지로 자주 전복된다. 루시와 제이크가 나누는 색에 대한 상대적인 인지의 이야기도 그와 관련된 것이다.

『존재와 시간』에서 시간성은 존재하는 것이 아니라 시간화하는 것이다. 시간화는 과거-현재-미래가 아니라 도래(자신보다 앞서다)-기재(이미 존재하다)-현전(존재와 함께 존재한다)이라는 개념으로 이루어진다. 현존재는 죽음과 관련된 존재이기에 다른 무엇보다 가장 확실한 가능성과 함께 고유하고 극단적인 방식으로 시간에 관계된다. 하이데거에게 시간이란 지금이란 시점의 연속이 아니다. 그렇기에 통속적인 시간 인식에만 머무를 경우 목전의 현재에서 빠져나올 수 없다. 이때 하이데거가 주장하는 것은 본래적인 자기로 도래하기 위한 죽음으로의 선구다. 극단의 가능성 앞에서 과거를 근원적으로 반복하면서 진리를 드러내는 상황이며 현재는 순간(Augenblick)이 된다. 영화에는 죽음의 그림자가 늘 드리워져 있고 시간은 목전의 현재로만 인식되지 않는다. 모든 시간은 순간이 된다. 죽음에 선구하려는 시도 속에서 매순간 자신을 전체로 구현하는 분절된 순간을 목도한다. 〈이제 그만 끝낼까 해〉는 한 개인의 시간뿐 아니라 모든 인물들의 시간을 현재로 두는 과정에서 시간의 혼란이 온다.

영화는 근원적 시간 속에서 시간에 대한 인식을 달리하고 있지만 본래적 시간성만을 발견하지는 않는다. 영화의 초점은 결과보다 과정에 있다. 루시는 죽음 앞에서 비본래적인 자신을 끊임없이 발견하는 과정을 지속한다. 이러한 시간의 문제는 곧 인식의 문제로 이어진다. 인식에 대한 이야기는 사람이 없는 풍경화인 루시의 그림에서도 연결된다. 그림에 사람을 등장시키지 않고 화가의 감정을 느끼게 하려고 한다는 루시의 말에, 제이크의 아버지는 사람이 존재하지 않으면 감정을 어떻게 느낄 수 있느냐고 묻는다. 루시는 환경에서 느끼는 것은 자신이 느끼는 것이며 환경 자체가 아니라고 말한다. 동시에 내려다보지 않고 앞을 보며 풍경을 본다면 무언가를 느낄 것이라고 한다. 인간의 개인적이고 주관적인 인식에 대한 이야기는 영화의 테마에 맞춰 본다면 시간에 적용됨을 알 수 있다. 이때까지 통속적인 인식으로 시간을 이해해왔다면 죽음으로 선구하면서 시간을 다시 인식하고 현재를 바라보는 시각 또한 가능하다.

2. 끝내지 못한 것들의 불안

영화는 돌아와야 한다는 목적을 향해 달리지만, 그것을 이루지 못한다. 루시는 끝나는 것에 대한 질문을 지속한다. 부모의 집으로 가는 차에서도, 지속되는 반복의 계단에서도 그렇다. 그런데 그녀가 지은 '본 도그'라는 시는 루시가 결국 이루지 못한, 돌아오는 것의 괴로움에 대해 이야기한다. 루시의 여행은 출발에서부터 비극적인 결말을 안고 있다고 할 수 있다. 또 언제나 진정한 회귀가 아닌 길을 회귀라 믿으며 반복했을 수도 있다. 어쩌면 루시는 집에 돌아왔으나 다시 떠났고 셀 수 없이 많은 회귀와 떠남의 반복 속에서 완전히 떠나지 못하고 완전히 돌아오지도 못하는 삶을 보냈을 것이다. 이것은 영화가 삶 자체에 대한 냉소적인 시각을 지니고 있다고, 적어도 나아지지 않는 삶이 언젠간 나아질 것이라 믿고 있지 않는다고 말할 수 있다.

루시가 끝낼 것을 끝내지 못하고 집으로 돌아오지 못하는 것은 자의를 넘어선 외부의 영향 때문이기도 하다. 세계는 루시를 잡아두려 한다. 직원은 루시에게 앞으로 갈 필요가 없으며 털시 타운에 남아 있어도 된다고 말한다. 최초의 목표를 기억하는 루시와 제이크는 체인을 단 자동차를 달고 앞으로 나아간다. 하지만 경로는 이탈되고 제이크는 루시의 집으로 돌아가고 싶어하지 않는다. 브르르를 버린 후에 제이크는 키를 뽑고 출발을 하지 않는다. 집으로 가자는 말에 농장 집을 말하는 거냐고 묻기도 한다. 루시와 키스를 하고서는 어디서 자신을 보는 청소부를 발견했다고 말하며 키를 가지고 남자를 찾으러 나가 다시는 돌아오지 않는다. 루시가 오랫동안 기다리다 나왔을 때 닫힌 문은 얼어버리고 루시의 앞에는 고등학교가 있다. 그곳은 루시가 가려던 곳과 전혀 동떨어진 곳이다. 루시와 제이크의 대역이 있는 고등학교는 루시의 과거로의 회귀로도 보이지만 그곳에서 목격하는 것은 대역의 재연과 죽음이다. 그곳 역시 그녀가 진정으로 돌아갈 집으로 보이지는 않는다.

영화는 종착점을 끝없이 비껴가는 길을 인간의 운명으로 본다. 그러한 태도는 영화의 연출에서 확인할 수 있다. 제이크의 부모를 기다리며 소파에 앉을 때 카메라가 선행해서 소파나 턴테이블을 가리키면 이후에 그들이 그곳으로 따라간다. 이것은 그들이 필연적으로 혼란스러운 집으로의 방문과 불가능한 귀로를 반복해왔음을 의미한다. 저녁 식사가 나와도 아무도 음식을 먹지 않은 채 식사가 끝나는데 이것을 치우는 사람은 처음 보는 손님인 루시이며 제이크의 가족은 가만히 있는다. 루시는 마치 이 집에 오래 와본 사람 같은 행동을 한다. 그렇다면 루시의 제이크의 부모 집 방문은 처음이 아니며 그녀는 늘 제이크, 그의 부모와의 관계를 끊고 떠나려는 생각을 하지만 그러지 못하고 후회하는 인물이라고 볼 수 있다.

끝내야 하지만 그러지 못한 것에 대해 영화는 강박적인 자문을 한다. 그것은 루시에게 걸려오는 전화로 알 수 있다. 안경을 써야만 전화를 받는 루시는 루시와 루시를 지칭하는 이름인 루이자로부터 계속 전화를 받는다. 영화에 삽입된 영화의 주인공 이본, 후에 루시와 대체되는 인물에게서 전화가 오기도 한다. 통화 내용은 영화의 도입부에 루시를 내려다보는 청소부가 중얼거리는 말과 겹쳐진다. '그 가정은 옳다. 내 두려움은 커진다, 이제 대답할 시간이다. 질문은 단 하나'라는 중얼거림 이후 전화는 같은 목소리로 '풀어야 할 의문은 하나다. 무섭다. 내가 미쳤나. 정신이 혼미하다. 그 가정은 옳다. 내 두려움은 커진다. 이제 대답할 시간이다. 질문은 단 하나'라고 한다. 한 가지 질문에 대답해야 하고 심적인 확신도 있다. 그리고 대답해야 할 시간이 다가온다. 대답을 독촉하는 전화는 루시를 계속 압박한다. 청소부가 루시로 동일시된다고 보면 전화는 루시가 자신에게 하는 독촉일 것이다.

끝낼 것을 생각한다는 루시의 직접적인 나레이션보다 중압감 있고 집착적인 느낌을 준다. 흐릿한 것을 명확하게 보게 하는 안경 착용의 행위는 자신의 상황을 바로 보려는 행위다. 그렇게 루시는 자신의 목소리를 듣기 위해 행동하지만 결국 끝낼 것을 끝내지 못하고 돌아오려는 곳으로 돌아오지 못한다.

인간의 존재를 절실하게 느끼게 하는 것은 죽음의 불안이다. 불안이 불안해하는 것은 내던져진 세계-내-존재 자체다. 비본래적인 (uneigentlich) 실존, 자신의 고유한 삶이 아닌 세상이 시키는 대로 사는 삶은 죽음의 위협 앞에서 섬뜩하고 낯선 존재로부터 도피하지 않고 그것을 용기 있게 인수함으로써 죽음으로의 선구를 실천할 수 있다. 루시에게는 돌아와야 한다는 것, 무언가를 끝내야 한다는 것, 특히 제이크와의 관계를 끝내야 한다는 다짐은 불안을 일으킨다. 강박적인 자문으로도 그것은 실천되지 않는다. 하이데거는 선구하는 것이 본래적인 실존을 비약하는 것을 의미하며 불안은 기쁨으로 전환될 수 있다고 보았다. 하지만 루시는 기쁨으로의 전환을 마주하지 못한다. 그리고 영원한 퇴락과 반복의 구조를 따른다. 현존재의 존재 양식을 지닌 인간은 퇴락하면서 자신을 도구처럼 기능하게 하고 본래성을 잃어간다. 불안에 근거하는 퇴락은 자기 자신으로부터 도피하면서 세계 내부적 존재자에 몰입한다. 내부적 존재자는 제이크와 그의 가족이며 루시의 본래성으로의 회귀를 은연중에 방해하고 있다. 루시는 그것을 인지하고 있다. 그럼에도 결국 자기 자신이 아닌 일상적이고 친숙한 세계로 향하면서 끊이지 않는 불안 속에 살게 된다.

루시가 고등학교에서 사라져버리면 청소부가 시선의 중심이 된다. 청소부는 가짜 눈이 쌓인 남자 앞에서 청소를 하고 퇴근하려 한다. 트

럭에 쌓인 눈을 치우고 들어가지만, 키를 꽂지 않고 출발하지 않는다. 눈길을 달리는 상상을 하지만 차는 달리지 않고 눈에 덮여간다. 제이크의 시간에 대해 생각을 하던 청소부는 서서히 숨이 막혀온다. 괴로워하다가 옷을 모두 벗으면 털시 타운의 애니메이션 광고가 차창에 펼쳐진다. 어린 시절의 향수를 가져다주는 광고는 곧 구더기가 가득 찬 돼지 애니메이션으로 이어지고 돼지처럼 살찌고 하얀 나체를 한 청소부는 돼지를 따라간다. 청소부와 돼지는 서로가 같다고 말한다. 그리고 돼지는 청소부에게 물리학자라고 말한다. 끊임없이 루시, 제이크와 중첩되는 청소부는 어린 시절의 순수한 판타지가 썩은 돼지로 변하고 그것이 자신과 동일시되는 과정을 마주한다. 그리고 옷을 입자는 돼지의 말을 따라 도달한 곳은 과거의 제이크가 공연했던 뮤지컬 '오클라호마'의 넘버 'Lonely room'이 공연되는 이상한 노인들의 시상식이다. 못생기고 나약하지만 진실된 나체는 그로테스크한 꿈을 옷으로 입은 채 자신을 거짓으로 가린다. 청소부 또한 돌아가야 할 곳에 가지 못한다.

영화는 마지막 장면으로 고등학교에 주차된, 눈이 덮인 자동차를 보여준다. 현실적인 장면으로 돌아오는 것은 이상한 시상식, 공연을 더욱 허구적으로 받아들이게 하며 여전히 집으로 가지 못한 상황을 인지하게 한다. 자동차는 목적지를 정하는 주체가 아니며 운송 수단일 뿐이다. 방향은 운전자가 정한다. 영화가 눈 덮인 자동차에 초점을 맞췄을 때 그것은 중단된 여로와 부재한 주체를 뜻한다. 여기서 의구심이 드는 것은 차 안에 정말 아무도 없는가이다. 마지막 장면에 주체가 존재할 수도 있다. 영화에서 가시적인 시간 점프가 일어난 시점은 차에 혼자 남겨져 벌벌 떨게 된 루시를 보여준 이후부터다. 루시가 자동차 밖을 나간 시점을 환상의 시작이라고 보는 시각도 가능하며 영화가 마지막에 보여주는 것은 자동차가 아니라 집은커녕 자동차에서조차 벗어나지 못한 루시다. 엔딩 크레딧이 올라갈 때 자동차 소리와 제설 작업하는 소리가 들린다. 하지만 화면은 변화가 없다. 영화는 마지막까지 변화를 욕망하지만, 그것을 이루지 못하는 상황을 보여준다.

영화의 원점 회귀와 이탈된 경로는 동일한 뉘앙스로 이야기된다. 선택과 행동은 이루어지지 못하고 결국 진정 원하던 것에 도달하지 못한다. 인간은 살면서 수많은 마지막을 외쳤고 다른 형상의 같은 행동을 반복하면서 진짜 마지막을 외치지 못한다. 영화는 수많은 후회의 반복을 통해 인간 역사를 비유한다. 주인공 루시의 이름이 태초의 인류를 뜻한다는 것은 결코 우연이 아니다.

3. 낡은 집에게 새 그네의 필요

죽음으로의 선구는 현존재의 의미를 시간성으로 드러낸다. 죽음은 인간에게 주어진 유한한 시간이 종말을 고하는 사건이지만 인간은 본래적 삶에서 도망치면서 불안해한다. 죽음으로 선구하는 과정에는 자리하는 무의미의 심연 때문이다. 모든 일상적인 세계의 내부적 존재자들이 무의미한 것으로 드러날 때 일상적인 편안함은 한꺼번에 무너진다. 현존재는 불안이라는 기분 속에 세계-내-존재로서 단독자가 되기 때문에 마음이 불편한 상태(ungeheuer) 속에 존재하게 된다. 섬뜩한 세계는 현존재의 근원적인 실상에 가깝고 현존재가 도피하는 곳은 편안하고 친숙한 일상적인 세계이다. 그렇기에 죽음 앞에 선 현존재는 섬뜩함과 불편함을 버티지 못하고 다시 통속적인 시간으로 편입되는 길을 반복하게 되는 것이다.

청소부의 차 라디오에서 흘러나오는 이사야 구절은 죄가 주홍 같더라도 하얗게 희어질 것이라고 한다. 영화의 인트로나 루시의 머리카락, 제이크의 집 안은 주황색이다. 그리고 시간이 지나갈수록 하얗게 변한다. 눈이 내리는 부모님의 집이나 고등학교는 하얗게 변하고 자동차도, 영화의 미장센도 하얗게 변한다. 노화는 무기력해지고 나약해지는 과정으로 보인다. 속죄되는 과정이 생명력을 잃어가는 과정과 동일시되는 것은 아이러니한 느낌을 준다. 제이크의 아빠는 제이크의 엄마를 앞에 두고 그녀에게서 사라진 예전의 모습을 그리워하는데 이것은 영화 전반에 흐르는, 지나가버린 것에 대한 안타까움이다. 루시는 먹고 자고 싸기를 반복하는 양과 죽은 양을 측은하게 보지만 그것은 인간 자신에 대한 자조다. 배에 구더기가 차서 죽은 돼지 역시 그렇다.

노화에 대한 허무적 감각은 루시가 농장으로 가는 길에서 본 버려진 집의 새 그네에서부터 시작한다. 루시와 제이크는 다 낡은 집에 새 그네가 있어서 무슨 필요가 있는지 묻는다. 대화의 초점은 새 그네보다 낡은 집에 맞춰져 있다. 낡은 집에 쓸모 있는 것은 필요가 없다는 것이다. 낡은 집을 노인으로 대치한다면 이 말은 꽤 의미심장하게 들린다.

이러한 허무적 감각은 노화뿐 아니라 삶 자체에 적용되어 있다. '본 도그'라는 시는 집에 돌아오는 것이 지독하다고 말한다. 돌아오는 사이 낡고 변해버린 것들에 대해, 똑같은 것들에 대해 이야기한다. 다만 늙어갈 뿐이고 집에는 뼈만 남는다고 말한다. 'Every cloud has silver lining'. 불행 끝에 희망이 온다는 말은 제이크의 아버지가 제이크에게 하는 말이지만 이후 제이크에 의해 부정된다.

　제이크는 끊임없이 소설과 영화, 과학 등 관객이 모두 알기 어려운 이야기들을 늘어놓으며 이야기를 지속한다. 많은 말들은 일정 부분까지는 정보를 주다 이내는 피로하고 지루한 감각을 준다. 많은 정보와 이야기들로 인간이 소모하는 수많은 시간을 보여주는 의도를 가지고 있다. 하지만 이것은 정보의 잘못이 아니다. 영화는 많은 대사 속에 이미 자신의 의도를 전면에 내보이고 있으며 지속적으로 반복하기까지 한다. 후회와 외로움에 대한 진실된 말이 있지만 그것들은 많은 말과 함께 파묻힌다. 루시는 모든 것을 알고 있다. 다만 행동하지 않을 뿐이다. 해소되지 않는 상황과 필연적인 망각은 시간을 사라지게 한다. 늙어버린 제이크의 아버지가 그렇듯 루시의 기억은 점차 사라져간다. 나이와 시간을 크게 헷갈려서 말하는 것은 찰리 카우프만 영화의 특징이기도 하다. 제이크의 엄마는 젊은 제이크에게 50살 생일에 대해 묻는다. 루시는 제이크와의 7주 전 첫 만남을 아주 오래된 것으로 기억한다. 또 청소부를 만난 루시는 자신과 제이크를 잊는다. 제이크를 잊어가는 루시는 모기만큼의 존재감을 가졌던 제이크를 찾는다. 이 행위는 자신이 투명인간 같다고 말하던 제이크의 말과 맞닿는다. 사람들은 무엇을 위해 시작했는지도 잊어버린 채 행동을 반복하고 축적된 정보가 그러하듯 사라져가는 정보들이 익숙한 반복을 지속하게 한다.

　무의미한 반복은 세계-내-존재를 중심에 둔 시각에서 출발한다. 죽어가는 엄마를 두고 슬퍼하는 제이크에게 루시가 다독여주자 그는 누군가 알아봐주는 것이 큰 힘이 된다고 말한다. 사람들을 의식한 기대와 바람은 이후 시상식 시퀀스에서 이어진다. 모든 인물은 노인의 모습을 하고 있지만 모두 분장했다는 것을 한눈에 알아볼 수 있다. 노인 분장한 사람들이 있는 곳에서 사랑에 실패하고 그것을 다시 성취하기 위해 새 여자를 찾겠다는 내용의 노래를 부르는데 사람들은 감동한 듯 박수를 친다. 노래의 목표는 이미 루시가 제이크와의 대화에서 부정한 것이다. 허무맹랑하고 당혹스러운 상황은 오랜 시간 끝에 얻어낸 성취, 사람들이 인정하는 명예를 얻고 과거에 포기한 것(뮤지컬)을 보란 듯 해내는, 꿈으로 가득한 미래의 바람이 얼마나 우스꽝스러운 것인지 보여준다.

젊음을 선망한다는 제이크에 대해 루시는 이해할 수 없다는 반응을 보인다. 어떻게 개울의 한 지점을 보고 판단하냐고 묻는다. 개울의 어떠한 지점이 좋다 나쁘다를 판단하는 것은 인식의 문제다. 마찬가지로 노화는 인식의 문제에 놓여있다. 노화로 인해 신체적 능력이 떨어진다는 것은 자명하다. 하지만 가장 큰 문제는 다가오는 죽음의 예감이 사람을 노화보다 빨리 무력화시킨다는 것이다. 삶에는 늘 그렇듯 고난이 있고 끝내는 것은 쉽지 않다. 사람들은 시간에 기대를 하고 나아질 것이라 믿는다. 하지만 문제는 해결되지 않고 컴플렉스는 강화된다. 돌아온 집이 실망스러운 것은 기대 때문이다. 기대는 후회와 불안을 불러일으키고 사람은 그 자체보다 빨리 무기력해지고 늙어가며 나아지는 것, 끝내는 것은 점점 불가능한 것이 되어간다. 늙어가는 시간은 기대가 실현되지 않은 미래, 과거에 붙들린 현재, 최악의 것은 아직 실현되지 않은 과거의 모습을 한다. 시간은 늘어났다가 줄어들며 사람을 옥죈다. 영화는 과거에 붙들리고 미래로 유예된 현재가 절망스럽게 재생산되는 근원적인 공포를 건드린다.

II. 시간과 공간에 대한 우화

영화는 찰리 카우프만의 전작을 떠오르게 한다. 형식과 후회라는 주제는 〈시네도키, 뉴욕〉을 떠오르게 하지만 때론 〈이터널 선샤인〉이 떠오른다. 〈이터널 선샤인〉에서는 망각과 새로운 가능성에 대해 이야기하지만 〈이제 그만 끝낼까 해〉는 망각 후의 새로운 가능성에 대해 차가운 시선을 보낸다. 〈이제 그만 끝낼까 해〉를 〈이터널 선샤인〉의 속편으로 본다면 〈이터널 선샤인〉의 결말은 서글프게 느껴진다. 『존재와 시간』의 관점에서도 본래성을 찾지 못하고 되돌아오는 이야기는 비애를 불러일으킨다.

그럼에도 영화는 허무로 점철되어 있지는 않다. 모기만큼 제이크를 생각하고 잊어버린 루시가 그를 걱정한다고 하자 청소부는 그녀를 안아준다. 이것은 〈시네도키, 뉴욕〉에서 엄마 역할의 배우가 케이든을 안아주는 장면과 오버랩된다. 모두가 같은 나약한 인간이고 실수를 반복하기에 그것을 이해할 수 있다. 그러한 시선은 경비원과 제이크가 루시에게 건네는 슬리퍼에서 확인할 수 있다. 자신의 발이 차더라도 상대를 위해 희생할 수 있는 호의다. 청소부를 제이크의 미래라고 본다면 슬리퍼는 과거에 건네줄 수 있었지만, 미래에는 그때의 모습으로 건네지지 못한다. 현재라는 시간 속에서 진심이었다면 닿지 못했더라도 그것은 순간 자체로 의미가 있다. 하지만 인간은 미래에 대한 기대로 시간을 왜곡한다. 현재는 미래를 위한 것이 되면서 사라지고 순간은 잊히거나 변형된다. 영화가 슬리퍼를 크게 강조하지 않는 것은 진실되었으나 숨겨지고 잊힌 것들에 대해 말하기 위함이다. 또한 〈이제 그만 끝낼까 해〉의 로드 트립이 파생적 시간으로부터 탈피하여 근원적 시간으로 향하는 의미를 지닌다고 보면 모든 과정을 본래적 시간은 복원하기 위한 노력으로 볼 수 있으며 그것이 언젠가의 의미가 될 수 있다고 할 수 있다.

〈이제 그만 끝낼까 해〉는 인간의 후회에 대한 서글픈 우화이며 현재에 했어야 하지만 그렇지 못한 것들, 그로 인해 후회하고 늙어가며 보낸 시간들에 대한 이야기다. 때론 생각이 행동보다 진실되다는 제이크의 말은 이와 관련된 것이다. 행동은 진심만으로 행해지지 않는다. 그렇기에 영화는 진실되지만 행동되지 못한 생각에 대한 이야기이기도 하다. 인간은 때로 자신의 진심을 감당할 용기나 힘이 없다. 섬뜩함을 견딜 용기가 없기에 진심을 속이며 살아가고 자신에게도 거짓된, 비본래적 삶을 살아간다. 그러면서 끝없이 시간에 후회라는 점을 남기고 그 시간을 왕복해가면서 산다. 〈이제 그만 끝낼까 해〉는 가장 현실적인 타임리프 장르의 영화로도 보인다.

영화의 첫 시퀀스에 빈집의 인서트 쇼트가 있다. 시간을 통과해온 인간의 흔적을 담았지만 루시의 그림에 대한 이야기가 그렇듯 환경은 그 자체로 감정을 가지고 있지 않다. 그렇기에 첫 시퀀스를 처음 관람할 때 관객은 크게 감정적인 것을 느끼지 못한다. 느낀다 하더라도 산발적인 단상이 존재할 것이다. 하지만 영화가 끝난 뒤 다시 첫 시퀀스를 보면 영화의 여정을 경험한 관객들은 인물이 존재하지 않는 공간에서 감정을 느낄 수 있다. 루시와 제이크, 제이크의 부모, 지미와 저녁 식사, 많은 시간과 인물들이 존재했지만 사라진 공간에서 공허 혹은 슬픔, 혼란스러움의 감정이 생겨난다. 관객은 결말에 선구할 때 비로소 영원히 반복하는 캐릭터의 감정을 돌아볼 수 있다.

감정을 느끼는 것은 인간이다. 영화에 처음 등장한 루시가 맛본 눈의 감각은 찰나일 것이다. 하지만 인간이 시간을 어떻게 바라보느냐에 따라 현재는 바뀐다. 눈의 맛은 영원히 기억되지 않을 수도, 혹은 기억될 수도 있다. 시간과 공간에 대한 상대적인 인지는 피할 수 없다. 하지만 어떻게 살 것인가는 선택의 영역에 있다. 지미가 젖지 않은 상태로 강박적으로 몸을 흔들듯 과거에 끊임없이 영향을 받으며 현재를 보낼 수도 있다. 끝나지 않는 것의 끄트머리에 언제나 매달려 죽음을 기다리는 것이다.

동시에 마찬가지로 생각과 행동은 다르다. 외부 세계를 통제할 수도 없다. 그렇기에 시간을, 세상을 있는 그대로 바라보는 것이 늘 실현 가능한 문제라고 생각할 수도 없다. 이런 딜레마의 연속인 세계에서 우리는 어떻게 살아야 할까. 영화는 답을 주지 않는다. 그저 문제를 껴안은 채로 살아야 할 뿐이다. 순간순간에 놓아야 할 것을 놓거나 놓지 않으면서 살아야 한다. 확실한 건 삶은 기대를 벗어나며 처음과는 완전히 다른 길로 흘러가리라는 것이다. 영화가 나아지는 것에 대해 이야기하지 않는 이유는, 통제할 수 없을 정도로 처음과 달라지는 형식의 이유와 같을 것이다. 우리는 언제나 변화하는 세상과 자신 속에서 자신의 본래성을 찾기 위해 끝없이 분투해야 한다. 기대하고 실망하겠지만, 어쩌면 그 과정 자체를 삶이라 부를 수 있을지 모른다.

참고문헌

박찬국. (2013). 하이데거의 『존재와 시간』 읽기 (pp. 1-256). n.p.: 세창미디어.
마르틴 하이데거. (1998). 『존재와 시간』 (pp. 1-592). n.p.: 까치.
한병철. (2013). 시간의 향기 (pp. 1-182). n.p.: 문학과지성사.

세밀한 진심으로 꿰어갈 스크린과 텍스트 사이

〈i'm thinking of ending things〉가 더 많은 사람이 관심을 갖고 보는 작품이 되면 좋을 것 같다. 장르에 대한 기대를 충족시킬 수는 없지만, 어느 평론가님의 말씀대로 창작자의 영혼을 갈아 넣은 영화이기에 관람할 가치가 있다고 생각한다.

영화에 대한 애정을 키워주신 찰리 카우프만에게 감사를 드린다. 자신의 영화에 진심을 다한 예술가 덕분에 나도 좋은 영향을 받았고 진심으로 영화를 대할 마음가짐을 갖게 됐다. 진심을 담은 영화는 늘 가치가 있고 스크린 너머의 관객과 언제라도 맞닿을 수 있다고 믿는다. 개인적으로는 찰리 카우프만의 소설 'Antkind'도 한국어로 번역이 되어 읽을 수 있는 기회가 있으면 좋겠다.

어려운 길임에도 이해해주신 부모님과 누나께 감사드린다. 어수룩하고 미덥지 못한 막내지만 조금이나마 믿음을 드릴 수 있으면 좋겠다. 언제나 나를 발전하게 하는 G. 바쁜 와중에도 못난 초고들을 봐준 친구들. 많은 가르침 주신 학부 교수님들. 단편영화를 함께해준 스태프와 배우들. 2021년 한층 성장하게 도와준 한국시나리오협회 관계자분들, 멘토님, 동료 멘티께 글로는 전부 담지 못할 감사를 표한다.

올해 많은 일이 있었고 많은 분들의 도움을 받았다. 자만하지도, 좌절하지도 않겠다. 과분한 복을 받은 것 같아 송구스럽지만, 정진하고 나아가라는 뜻으로 알고 나와 진심을 갈고 닦아가겠다.

분석의 조밀함 · 해석의 깊이 · 단단한 문장력

문학평론이든 영화평론이든, 텍스트의 분석과 해석이 먼저다. 다음으로 비교하거나 사적 맥락을 따지는 게 순서다. 문학평론은 편수도 적었지만, 문학사적 의미망을 전제하거나 주관적인 해석을 펼치는 글이 대다수였다. 텍스트의 결을 따라 읽고서 그 문학적 가치를 평가하는 일이 중요하다. 영화평론의 경우에도 주관적이거나 텍스트 외부의 사례를 지나치게 끌고 오거나 이론의 과잉 적용이 적지 않았다. 문학과 영화를 결합하여 멋을 부리기도 하고 감독론을 목표한 과도함도 보였다. 기술변화에 따른 스트리밍 체제를 주목하거나 드라마와 넷플릭스 영화를 비평한 사례도 적지 않았다. 이와 같은 변화는 앞으로 수용해 가야 할 과제라 생각한다.

마지막까지 선자에게 남겨진 작품은 모두 영화평론으로, ''겟 아웃', 그 '늑대'의 귀환에 대하여' '생존보다 오래 살기: 바이러스의 메타포, 좀비영화를 중심으로' '이 영화의 중심부는 어디인가?: 압바스 키아로스타미의 '사랑에 빠진 것처럼'' '길 잃은 현존재들의 시간-찰리 카우프만 '이제 그만 끝낼까 해'' 등 네 편이었다. 서술이 다소 유기적이지 못하거나 영화적 장치의 특성을 드러내지 않고서 서사 위주의 서술로 일관한 경우를 제외하였다.

'길 잃은 현존재들의 시간-찰리 카우프만 '이제 그만 끝낼까 해''를 당선작으로 결정한 데는 분석의 조밀함, 해석의 깊이, 단단한 문장력을 겸비한 성실한 글쓰기가 있다. 부조리극에 비유될 만치 난해한 찰리 카우프만의 이 작품을 하이데거의 존재와 시간의 철학과 겹쳐 읽으면서 영화적 특이성을 포착하였다. 이론을 앞세우지 않고 감독의 다른 작품과 맥락을 생각하면서 이 영화의 위치를 잘 드러내었다.

심사위원- 구모룡(문학평론가)

2022 서울신문 신춘문예 당선 평론

염선옥

1971년 경기 의정부 출생
서울여대 영어영문학과 졸업
동국대 대학원 국문과 박사과정 수료
2022년 〈서울신문〉 신춘문예 평론 부문 당선
tell2000@naver.com

몸의 기억으로 '나 사는 곳'을 발견해가는 언어

- 신미나론

염선옥

1. 몸의 기억에 부여되는 리얼리티

예술이라는 이름으로 수많은 결과물들이 쏟아져 나오는 시대를 살아가면서 우리는 어쩌면 예술이 끝자락에 도달해 있고 이제 "규정 불가능성"(하이데거)에 빠진 것은 아닌지 생각하게 된다. 현대는 예술 과잉의 시대이자 '무無예술성'의 시대이기도 하다. 이는 헤겔이 비유한 것처럼, 이제는 예술이 인간의 비대해진 욕망을 더는 채워 줄 수 없다는 "예술의 종언"을 증명하는 현상이기도 하다. 우리가 쓰고 읽는 시 또한 예외가 아니다. 현대성과 서정성이 미학적으로 반목을 거듭하는 것처럼 보이는 착시 현상은 이분법적 폐쇄성이 낳은 관념적 산물이지만, 그럼에도 불구하고 현대시의 속성을 탈(脫)서정성에 두려는 해체적 사유는 끊임없이 지속되어 왔다. 현대성과 서정성은 대척적 개념이 아니라 수많은 접점을 만들어가면서 새로운 시의 차원으로 수렴되어 가는 것이라는 앙투안 콩파뇽의 '현대적 전통'론은 여전히 설득력을 가지고 있다. 신미나에게 '시'는 현대성과 서정성이 만나면서 발원하는 예술적 실체로서 그녀의 시는 현대인에게 예술의 존재를 아직도 따뜻하게 건네는 악수로 은유될 수 있을 것이다.

C.S. 루이스는 '오독'(1961)이라는 비평집에서 현대는 삶과 예술이 혼동되며 시인과 대중이 서로 예술을 다르게 이해하는 시대라고 갈파한 바 있다. 또한 이성복은 '불화하는 말들'(2015)이라는 시론집에서 시인들에게 세상과 불화하라고 촉구하기도 했다. 그만큼 적지 않은 논자들이 현대시가 세계와 갈등을 일으킬 수밖에 없음을 강조한 것이다. 이렇게 예술과 세계가 불화하는 시대에 신미나는 점점 멀어져 가는 경험과 언어 사이의 거리를 좁히면서 그것을 통합하려고 한다. 본래 시가 노래와 춤이라는 몸의 기억에서 비롯되었음을 알고 있기 때문이다. 그녀는 상실된 아우라(Aura)를 여전히 기억해야 할 미학적 흔적으로 보고 이를 재포착함으로써 삶과 분리된 예술을 통합하려는 것이다. 신미나의 시에서 우리는 현대인의 닫힌 기억들이 열린 기대 속에서 각인되는 과정을 경험한다. 그녀에게 몸의 기억은, 비록 하찮고 순간적으로 꺼질 미광微光 같은 것일지라도, 수없는 리얼리티를 만들어가는 과정을 포착하고 있기 때문이다.

문고리에 실 묶고
방문을 닫는 찰나
번쩍 세상이 온다

아가, 세상이 어찌 보이냐

할아버지 어린 나를 무등 태우고
뒤돌아서서
지붕 위로 어금니 던진다

까치가 어금니 물고 간
곡선으로
내 젖무덤은 부풀어 올라

백내장 걸린 할아버지
중얼거리시데
저 봐라, 상갓집에서 혼 빠진다

- '산 너머' 전문

　시의 화자는 어린 시절 이를 뽑던 기억, 할아버지 무등을 타던 기억을 떠올린다. "문고리에 실 묶고 방문을 닫는 찰나 번쩍 세상이 온다"는 기억은 아직도 생생하게 살아 있는 감각을 부여한다. 할아버지가 무등 태우며 '헌니 줄게 새 이 다오'를 노래하던 순간은 온몸으로부터 분출되고 온몸으로 수렴되는 발화의 기억을 남긴다. 신미나의 시에 그려진 화자의 경험과 기억은 독자의 마음을 열어 주면서 무등 탔던 기억, 실에 묶어 이를 던졌던 기억, 미신과도 같이 헌 이를 주면 새 이를 물어다 준다고 노래했던 기억에 생생한 리얼리티를 부여한다. 이렇듯 몸의 기억에 리얼리티를 부여한 결과 그녀의 시는 많은 이들에게 오래된 정동적 연결망을 제공하게 된다.

신미나는 수많은 시편을 통해 "장판에 손톱으로 꾹 눌러놓은 자국 같은"('이마') 기억, "어린 조약돌 몇 개 씻어 주머니에 넣고"('첫사랑') 다니던 기억, "눈밭에 노란 오줌 구멍을 내"('연')던 기억, "방바닥에 엎드려 글씨를" 쓰다 "공책 뒷장에 눌러쓴 자국이 점자처럼 새겨졌"던 기억('받아쓰기'), "생쌀을 씹는 버릇"('윤달')의 기억을 소환한다. 이러한 섬세한 기억들이 귀환하는 방식은, 기록되지 못한 채 떠돌지라도, 시인으로 하여금 창의적 감각과 초월적 사유를 거느리게끔 해 준다. 이를 통해 시인은 현대인이 가진 몸의 기억을 순간적으로 각성시키면서 파편화된 체험을 끌어들이는 놀라운 통합의 힘을 발휘한다.

2. 신화와 샤먼적 요소

신미나는 개인적 경험뿐 아니라 공동체적 감각이 묻혀 있는 시대를 향하는 시인이다. 기억의 바닥에 있는 시대의 경험과 그것에 얽힌 삶의 파노라마를 펼쳐 보이려고 노력한다. 이는 개인의 정체성이 전체를 통해 얻어지는 질서의 틀을 터득했기 때문이다. 신미나의 기억은 할머니의 삶과 함께 빈번하게 드러나는데, 화자의 삶은 할머니에 의해 '명랑'을 되찾고 있으며 "오랜만에 찾아온 할머니가 장사치로 떠도는 게"('마고 2') 싫을 정도로 화자의 고백에는 할머니에 대한 연민과 사랑이 숨쉬고 있다. '마고 할멈'은 시인에게 삶이라는 매트릭스 안에서 죽음을 애도하며 견뎌 애써 살게끔 해 주는 상징이다. 기억 속의 할머니는 시인의 삶을 지탱하는 에너지이고, 시인은 자신의 경험에서 한 단계 더 나아가 할머니의 삶과 기억을 끌어들여 샤먼적 요소에까지 이르게 된다. 이처럼 그녀의 시에는 포스트모던 시대에 낡은 것으로 치부되기 쉬운 농경적 삶의 방식이 생생하게 보전되어 있다. 과학기술 사회에서 비이성적이고 비합리적인 것으로 묻혀 버린 옛것을 꺼내와 그것이 가져다준 진정한 메시지를 독자와 교환한다. 삶을 위로하던 공감 요소인 신화가 불려올 때 그녀의 시에서는 샤먼의 배치 과정이 필연적으로 중요하게 개입하게 된다.

사실 신미나의 시에는 무속 체험과 감각이 빈번하게 암시적으로 드러난다. 그녀는 첫 시집 '싱고, 라고 불렀다'(2014)와 제2시집 '당신은 나의 높이를 가지세요'(2021)에서 신화나 샤먼의 체험을 두루 끌어들이고 있다. 그녀에게 신화나 샤먼적 요소는 자신만의 고유한 경험과 기억의 산물이다. 신화와 샤먼적 요소는 "뜻 없이 반복되는 이야기"처럼 "먼 데서 음악 소리가 들"('어디 먼 데서 음악 소리가 들리고')리는 기억에 담겨 있는데, 이는 "너무 많은 무늬를 몸에 새긴" 것 같아 끝없이 되풀이된다. 그것들은 자아를 지탱하는 배경과 같으며 이러한 사례는 그녀의 시 전체에 걸쳐 배치되어 있다. "지푸라기인형"('마고 2', '백일몽')과 "헝겊인형"('묘의 함'), "종이인형"('묘의 함', '양옆으로 길게 늘어선 거울')은 무巫와 관련을 두고 있으며, 탱화나 "천년을 물속에 살아야 사람으로 환생한다는 물가"('백일몽') 이야기, "때리면 정신 든다는 무당 말"('불티')에 "아비가 대나무 뿌리로 아들을 때"리는 주술성이라든가 "몸을 얻으려면 새 옷을 입어야"('홍합처럼 까맣게 다문 밤의 틈을 벌려라') 하는 샤먼적 상상, 저승으로 떠나게 될 아기들이 가여워 제명과 맞바꿔 아기들을 살린다는 '마고' 신화까지, 그녀는 수많은 샤먼적 요소를 활용하고 있다. 모든 것이 과학적 시선에 의해 지배되는 현대에 샤먼과 신화적 요소는 리얼리티를 감쇄시킬 수도 있을 법한데, 신미나의 시에서 그것들은 우리의 삶을 독특한 형태로 보존하는 역할을 한다. 그녀는 할머니와의 관계에서 겪은 기억을 중심으로 인문적 사유가 제거된 과학기술의 공허함과 허황된 논리를 비판하면서 그 빈 곳에 신화와 샤먼을 채워 넣는 것이다.

묘는 한 번도 태어나지 않은 아이
형겊 인형이 대신 말을 한다

오색 종이로 만든 가마에
고깔모자를 쓰고
묘는 검정으로부터 왔다

묘의 주머니는 작고
이따금 탄내가 난다
주머니 속에는 타다 만 볍씨가 있다

묘의 상자 속에는
문방구에서 훔친 종이 인형이 있고
엄마를 삽으로 때리던 아버지가 있고
정글짐 꼭대기의 해가 타고 있다

― '묘의 함函' 부분

'묘'는 "한 번도 태어나지 않은 아이"로서 "헝겊 인형이 대신 말을" 하고 "오색 종이로 만든 가마에 고깔모자를 쓰고 묘는 검정으로부터" 온 존재이다. 종이 가마에 고깔모자를 쓴 검정으로부터 태어난 '묘'는 제의를 치르는 무당 같은 신비스러운 이미지를 가지고 있다. 묘의 상자 안에는 "문방구에서 훔친 종이 인형이 있고 엄마를 삽으로 때리던 아버지가 있"다. 바로 이는 접신과 빙의된 샤먼의 모습이다. '종이 인형'을 한 묘의 상자 안에는 타인의 삶이 담겨 있는데 거기에는 "문방구에서 훔친 종이 인형"이 있고 "엄마를 삽으로 때리던 아버지"도 있다. 시인이 은유하는 것은 시대의 종말과 위기에 있지 않다. 다만 그녀는 시공을 초월하여 보편적이라고 믿어 왔던 인간의 존재방식에 균열을 낼 뿐이다. 기술 발전과 합리성이 채워 주지 못하는 소외와 불안을 '무속' 모티프를 통해 진단하고 '해원'이라는 처방으로 나아가려 하는 것이다.

오랜만에 찾아온 할머니가
장사치로 떠도는 게 싫어서
다시는 찾아오지 말라고 화를 냈더니
이고 있던 채반을 내려놓고 갔다
채반 위에
팥 한 알
또렷이 남았다

다음날엔 보따리를 두고 갔다
매듭을 풀어보니
지푸라기 인형이 나왔다

겨드랑이에 손을 끼우고
일으켜 세워도 자꾸만 목이 꺾였다
배를 갈라보니
노란 것이 반짝했다
금니였다

할머니의 등에 새긴 문신은
쟁기, 방패 귀갑
귀갑, 쟁기, 방패
마작처럼 패를 뒤집어
얼굴이 자도르르 돌아간다

쟁기, 방패, 귀갑
귀갑, 쟁기, 쟁기
눈, 코, 잎을 갈아 끼운다
높고 슬픈 노래를 물려주려고

잠들면 가만
코에 손가락을 대본다

할머니는 피가 너무 환해서
인간의 잠을 자지 못한다

- '마고 2' 전문

153

장사치로 떠도는 할머니가 등장하자 화자는 다시는 찾아오지 말라고 화를 낸다. 이는 가난한 할머니의 고통이 새겨 넣은 상처를 마주하는 화자의 고통을 암시한다. 종종 가난으로 얼룩진 기억은 삭제되거나 묻히는데, 시인은 할머니의 기억을 아프게 되살려 고통과 가난을 마주하는 순간을 불러낸다. 할머니는 보따리를 두고 갔지만 그 매듭을 풀어 보니 지푸라기 인형이 그 안에서 나온다. 아무리 일으켜 세우려고 해도 자꾸 목이 꺾이기만 하는 인형의 배를 갈라보니 노란 금니가 반짝이고 있다. 지푸라기 인형이라는 샤먼적 요소를 통해 할머니와 접신하는 경험은 신비롭다. 할머니에 대한 기억은 신화와 샤먼적 요소를 통해 추억으로 남은 것이다. 할머니에게 들었던 신화를 통해 다시 할머니를 만난 것이다. 할머니의 등장이 어린 손녀가 겪어 갈 미래에 대한 염려 때문이라는 전개는 신화의 이미지를 거느리는데 "배를 갈라보니" 노란 금니가 나온다는 신화는 작품에 이러한 환상성을 부여하고 있다.

붉은 구슬을 입에 물고
눈물을 흘리고 있을 때
흰 천을 배로 가르며 할머니가 나왔습니다

천수관음은
천개의 손으로 슬픔을 어루만진다는데
손이 천개면 세상의 눈물을 닦을 수 있습니까

뜨거워서 그래, 아가

어쩌다 네 마음에 명랑을 잃었니?
할머니는 천수泉水를 한 모금 머금고
내 입에 흘려 열을 식혀 주었습니다

봄에 난 콩 싹처럼 웃어보라, 해를 피하지 않는 해바라기처럼 용감
해라, 물 만난 오리처럼 신나게 욕해보라, 비 온 뒤 제비처럼 까불어
라, 분수처럼 솟구쳐라, 쪼개고 쑤시고 부러뜨려라, 톱날의 요철과 같
이 벌떼처럼 화를 내라, 연기처럼 곧게 서라, 백합처럼 기도하고, 뛰고
달리고 돌아서서 안고 뱉고 찢고 발 굴러라

할머니는 겹겹의 모란 치마로
나를 폭 싸서 공중에 띄웠습니다

키질하듯이 위아래로 까부르니
몸이 아기만큼 작아져
배꼽이 간지럽고
이히히 웃음이 났습니다

할머니는 내가 말을 배우기 전
아기들만 아는 우스운 재미로
슬픔을 걷어가려 한 것인데

오랜만에 웃은 게

세상에 없는 일인 걸 알고
섭섭해서 눈을 감았습니다

- '탱화 3' 전문

　화자가 눈물을 흘리고 있을 때 흰 천을 배로 가르며 할머니가 오셨
다는 것은 시인에게 강림하는 샤먼적 순간을 선명하게 부각시킨다.
"명랑을 잃은" 화자에게 할머니는 "천수泉水를 한 모금 머금고" 입에 흘
려 열을 식혀 주었다. 이러한 발화를 통해 할머니의 존재는 화자에게
한 차원 더 명확해진다. 할머니는 "…웃어보라, …용감해라, …욕해보
라, …까불어라, …솟구쳐라, …부러뜨려라, …화를 내라, …곧게 서라,
…기도하고, 뛰고 달리고 돌아서서 안고 뻗고 찢고 발 굴러라"라고 위
로하며 말을 배우기 전 아기들만 아는 재미로 슬픔을 걷어가려 했기
때문이다. 이런 할머니에 대해 화자는 "오랜만에 웃은 게 세상에 없는
일인 걸 알고 섭섭해서 눈을 감"는다. 화자에게 할머니는 '웃음을 주
는' 존재이며 삶에 원초적인 힘을 주는 정신적 동반자이다. 할머니의
상실을 지우고 할머니의 존재를 보존하는 방식은 기억에 의해 가능한
것인데, 시인은 신화적이고 샤먼적인 신비함을 그 안에 담음으로써
이러한 작업을 수행한다. 할머니와의 만남을 신비한 일로 확장해 가
면서 신화적이고 샤먼적인 성격을 현실로 돌아오게 한 것이다.

3. 존재론적 근거로서의 기억을 통한 표준화에의 저항

　할머니는 현존하지 않고 시인의 몽상과 기억 속에만 존재한다. 베냐
민이 역사를 바라보는 시각에 따르면, 신미나는 과거를 고정적 점으

로 보지 않고 현재로부터 관찰하고 불러낸다. 할머니와의 관계에서 기억으로 새겨진 것은 언젠가 '있었던' 실재일 뿐이다. 그러나 신미나는 세속적 질서 속에 할머니의 기억과 농촌 경험을 가져와 행복에 대한 표상을 과거로부터 형성한다. 화석으로 남은 시골이 따스한 공간이었다는 전언을 통해 도시가 가진 허상을 비판하고 지금까지 가졌던 삶의 불균형에 균열을 일으키는 것이다. 신미나는 이렇게 자신의 기억을 응시하면서, 데리다가 말하는 흔적(trace)을 만지는 일을 수행한다. 수레가 남긴 바퀴자국을 토대로 동물과 수레의 현전을 논할 수 없듯 그의 흔적은 '없다'를 말할 수 없는 심적 자국인 것이다. 그 점에서 '지켜보는 사람'을 '당신은 나의 높이를 가지세요'의 첫 작품으로 배치한 것은 퍽 유의미하다. 본다는 것, 보았다는 것은 허상이 아닌 실상으로, 부재가 아닌 존재로 인정하는 일이며, 그 존재성은 사라지지 않는 의미가 되기 때문이다. 이는 '있는' 것과 '있었던' 것이 가지는 존재성의 기대를 동시에 내포한다.

　　한 알의 레몬이
　　테이블 위에
　　있다
　　오래전에 있었던 것처럼
　　금방
　　사라지기라도 할 것처럼

　　한 알의 레몬이

눈앞에
있다
그것을 치우면
레몬은
과거형으로 존재한다

흰 테이블보 위에
레몬이 있다

눈을 감아도
레몬은
레몬 빛으로 남고

나는 그것이
사실이라고 믿는다
진심으로 보인다

- '지켜보는 사람' 부분

　화자는 테이블에 놓인 "오래전에 있었던" 한 알의 레몬을 바라본다.
눈을 감아도 보이는 레몬은 비록 치워진다 해도 '과거형'이 될 뿐 비非
존재가 되는 것은 아니다. 자리했던 것은 눈을 감아도, 그것을 치우더
라도, "레몬 빛으로" 남는 '사실'이 되고 "진심으로" 보이는 것이 된다.
존재의 가치는 시간이 증여한 것도 아니고 사회가 합의한 상징도 아

니다. 그것은 개인이 경험하여 의미가 솟아나는 지점에서 생겨날 뿐이다. 그 세계에서 기호화되지 못한 것들은 "사라지기라도 할 것처럼" 보인다. 그러나 그것들은 "그림자를 만"들고 조용히 남아 있게 된다. 이는 "쪼그리고 앉아"('단조')서 보던 물에 불어나는 한 톨의 쌀알이 "찬 벽에 발을 대고 누"워서도 천장에 떠오르는 또렷함 같은 것이다. 기억은 '있었던' 것의 부재를 또 하나의 존재로 인정하는 과정으로 도약한다. 동요 속에서 마구 튀어오르거나 우글거리는 기억의 운동성은 존재의 살아 있음을 말해 주는 증거가 된다. 시인이 쓸모없는 일로 여겨지는 기억에 주목하는 이유가 바로 여기에 있을 것이다. 기억 속에 오롯이 권역을 형성하고 우리의 인식과 감각에 등장하는 본연의 것들은 비록 외곽으로 밀려나 버렸다 해도 우리를 상실과 폐허 속에서도 살아가게 하는 존재론적인 근거이기 때문이다.

물론 때때로 기억은 자주 하찮고 중요하지 않은 것으로 간주된다. 그러나 기억이 물질적인 감각에 찍힌 낙인일 때 신미나의 시는 기억의 집적을 통해 그러한 규정을 벗어난다. 그의 기억은 일정한 시공간과 서사와 감각을 보유하고 있다. 그것은 생명의 고리를 이으면서 긍정적으로 순간순간을 끌고 나간다. 보들리야르는 현대를 가리켜 "현존하는 모든 시스템의 비만 상태"라고 지적하면서도 현대인은 기억과 상상을 어떻게 사용해야 하는지 잊어버렸다고 말한다. 신미나의 시는 언어의 옷을 채 입지 못한 기억들로 가득 채워짐으로써, 시적 주체를 추동하는 공감의 발원지로 기능하게 한다. 새로운 것의 권위에 대해 역설한 콩파뇽은 기억을 유행과 현대적인 것에서 그리 멀리 떨어진 것이 아니라고 말했는데, 이는 기억이 '새로움'에 대한 '낡음'이라는 모순관계의 짝패가 아니라 오히려 현대가 담아내지 못하는 '상상력'의 방식이라는 점을 강조한 것이다. "공연한 일들"과 "쓸모없는 일들"이 일어났으면 좋겠다는 신미나의 목소리는 기억의 세부를 포착하겠다는 의지이며, 그녀의 시는 폐기되는 세부에 대한 경고라고 할 수 있을 것이다. 신미나는 주변에 널린 세부에 주목하면서, 삶은 지평이 아니라 오히려 세부의 집적임을 말한다. 이때 세부는 여러 차원의 경험으로 채워진 모래사장으로서, 우리는 그 속에서 결코 지워지지 않는 다양한 가치를 발견하게 된다. 공연한 것들, 쓸모없는 것들은 삶을 채워 주는 세부인 것이다.

그녀의 시는 새로움을 추구하는 방식과 불화하는 것으로 보일 수도 있다. 그러나 그녀는 자신의 법칙 이외에 어떤 언설에도 동요하지 않고 자신이 지향하는 고유의 법칙을 유지한다. 이때 도시는 다름과 비뚤름 대신 바름을 동의반복적同意反復的으로 배열하고 배치하는 공간으로 등장한다. 유동하는 세계 어디를 가도 한가운데 자랑스럽게 같은 장면을 연출하는 것이 바로 도시이기 때문이다. 네모반듯한 도로와 건물, 기호와 상징, 그 속에서 현대인은 한 방향으로 향하는 물고기 떼처럼 몰려간다. 모든 공간이 유사해지면서 모국어가 있어도 전 세계가 몇몇 우세어를 중심으로 통일되고 있기도 하다. 이 모든 것이 표준화와 평균화에 저항하는 신미나 시의 힘이다.

이상하지 않나요, 이런 고요는
몰려오던 해일이 눈앞에서 멈춘 듯한

누군가 세계의 안과 밖에
커다란 간유리를 끼워두었으므로

나의 폐는 부레가 될 수 없고
물고기는 눈을 깜빡일 수 없어요

빛에 일렁이는 물 그물이
나의 발을 얽을 뿐입니다

- '아쿠아리움' 부분

물주름 없는 물결
귀를 떠난 소리
풀 없는 인공 정원

- '홍제천을 걸었다' 부분

　현대인의 행동 양식은 모든 면에서 어떤 인공적인 것의 제작 방식과 일치하는 양상을 보인다. 같은 것이 폭력이 될 수 있다는 사실을 깨닫지 못한 채 현대인은 동화되어 가고 있다. 노동하는 동물로 격하된 채 살아갈 뿐 거부와 배척이 두려워 '소수-되기'를 선택하지 않기 때문이다. 이들이 살아가는 도시는 개인에게 감동을 주는 일에 대하여 어떤 말도 하거나 듣지 않는다. 도시인다운 '다수-되기'(에티엔 발리바르)를 지향하게끔 할 뿐이다. 도시는 고유한 특성이 제거된 개인을 색인 속에 분류하고 저장한다. 그런 가운데 개인의 슬픔은 썩어 가거나 사라지게 된다. 도시인의 언어는 차가운 콘크리트 언저리에서 싹튼 불쾌하고 축축한 우울과 소외의 언어가 된다. 그런 언어로 표지된 도시인은 자신의 결여된 내면성을 드러낼 방식이 없게 된다. 이러한 세계에 대한 미학적 항의가 신미나의 시다.

4. '나 사는 곳'의 발견 과정으로서의 기억

혹자는 신미나의 시에서 농촌과 자연과 가난이 빚어낸 서정성을 읽어낸다. 그러나 우리는 더 확장된 의미로서 폭력의 시대에 소실되어 가는 '나 사는 곳'(오장환)을 훑는 작업을 읽어 낸다. 모국어의 소실과 전통의 소외와는 달리 매체와 일상을 메우는 것은 온통 서구 것이다. 케이팝(K-Pop)과 한류(Korean-Wave)도 서구 입맛에 맞춘 예능으로 전락하기 시작했다. SNS의 시대, 24시간 운영되는 편의점, 하이브리드-스토어 등 과학기술의 발전은 콘택트 없이도 실시간 업무를 가능하게 했고, 신용카드라는 합의된 인증 방식의 결제를 통해 우리의 취향과 입맛은 모두 통제되고 있다. 이런 위험신호를 감지한 신미나는 '나 사는 곳'을 중심으로 우리의 것 속에서 새로움을 찾아내고 있다. 보들레르가 현대성을 현대인의 불안과 관련시켜 읽어 냈다면, 신미나는 현대성을 폭력과 상실로 읽어낸다. 그녀가 읽은 현대라는 미달태未達態는 "누군가 세계의 안과 밖에 커다란 간유리를 끼워"('아쿠아리움') 둔 것과도 같아 "폐는 부레가 될 수 없고 물고기는 눈을 깜빡일 수 없는" 상실의 세계일 따름이다. 이해할 수 없는 말을 머금고 "그만, 이라고 말해도 자꾸만 공을 물어 오는 착한 개처럼" 반복적으로 나타나는 폭력인 것이다. 아쿠아리움에 가둔 물고기 세상처럼, 우리가 사는 곳은 동일한 풍경이 반복되어 나타나고 "풀 없는 인공 정원"('홍제천을 걸었다')이 가득한 곳이 되고 말았다고 시인은 진단한다.

　　마당이 있는 저 집에서 살면 참 좋겠다 언덕 위에는 여자 대학교가 있고 배구공 튕기는 소리도 가끔 들리고

　　비빔국수 잘하는 냉면집도 있고 가을이면 키 큰 은행나무가 긍지처럼 타오르는 동네

　　문방구 평상에 한참을 앉아 있어도 핀잔주지 않는 할머니가 있고 옆에서 신문지 깔고 고구마순 껍질이나 같이 벗기고 싶고

　　해 지기 전에 수건을 걷어 오른팔에 얹고 옥상에서 내려갈 때 젖이 불은 개가 헐떡이며 걸어가는 것을 보는

　　집 보러 왔다가 그냥 간다

　　이가 썩어 구멍 난 데를 혀로 쓸며 돌아보는 사직동

　　　　　　　　　　　　- '지하철역에서 십오분 거리' 전문

'고스트 타운'(베냐민)이 된 도시가 현대화의 필연적 산물이라면 시인이 바라는 도시는 어떤 곳일까? "풀 없는 인공 정원" 대신 "마당이 있는" 집이고 "문방구 평상에 앉아 있어도 핀잔주지 않는 할머니가" 있는 곳이다. 부품을 한데 모아둔 것처럼 젊은이들만 들어찬 도시가 아닌 할머니 할아버지가 있는 공간이며, 아이들이 애용하는 문방구 평상이 있는 공간이다. 또 획일화되지 않은 무정형의 공간이며 비폭력적 공간이자 비상실의 장소이다. 빌딩과 벽이 없는 언덕 위에 여자대

학교가 있는 곳이며 그곳에서 "배구공 퉁기는 소리도 가끔 들리고" 비빔국수 잘하는 냉면집도 있어 맛볼 수 있는 "가을이면 키 큰 은행나무가 궁지처럼 티오르는 동네"인 것이다. 시인이 이러한 공간성을 가져오는 방식은 '우리 것'의 회복이자 '나 사는 곳'의 확인 과정인 셈이다. 첫 시집에서부터 발견되는 그의 시적 공간은 도시 미학적 공간과 거리가 이처럼 철저하게 멀어진다.

또한 신미나의 시는 흔적으로만 남은 우리말의 보고이다. 현대적인 것을 이루는 성좌를 완성할 때 세련된 시어의 반복과 나열이 필수라면 시인의 언어는 낡은 것으로 비칠 수도 있다. 그러나 현대적인 것으로 명명된 모든 상황에서 시인이 채우는 장판, 요, 밥물, 물금, 내천, 조약돌, 연밥, 무밭, 아욱잎 등 추억을 생생하게 되살리는 우리의 감각적 언어가 더 감각적이고 새로운 것일 수도 있을 것이다. 또 시인은 농도 짙은 외래어를 사용하기보다 '싱고', '무이모아이…' 같은 우리말을 만들어 내기도 한다. 쏟아져 흐르는 외래어와 말줄임에 우리말은 몸살을 앓고 있다. 그렇지 않더라도 언어란 얼마나 나약하기만 한가? "나는 오리라 하였고 당신은 거위라" 하였으며, "나는 공복이라 하였고 당신은 기근"이라 부르며, "당신은 성북동이라 하였고 나는 종암동이라" 하였다는 등 언어는 불통을 잠재적으로 내재한다. 언어란 "아무 말도 하지 않을 때 일치"('사랑의 순서')하는지도 모른다.

신미나는 시가 소통되지 못하는 시대에 자신의 언어를 독자적으로 모색하고 있다. 도시의 방식인 고통의 언어 대신 모태의 언어를 내뱉는다. 모태의 언어는 관찰과 소통과 사색을 통해 유래된 '흙'의 언어라고 할 수 있다. 이는 자기를 더 많이 드러내고 표출하는 도시 방식 대신 듣고 보고 느끼는 '삼중重의 겹'을 택한 결실이다. 이때 시인은 도시 안에서 '보는 자'이자 '느끼고 듣는 자'가 된다. "휘파람을 불며 길을 나서"면 "리어카에 폐지를 실은 노인들"('입김')도 볼 수 있고, "한 손으로 번쩍 아이를 들어올리는", "얼굴만 아는 여자"('길음동')도 만날 수 있다. 또 "신발을 꺾어 신고 앞서"('모란과 작약을 구별할 수 있나요?')가는 이를 살펴볼 수도 있다. 화자가 바라보는 것은 무언가가 되지 못한 세부이며 삼중의 겹을 통해 시로 현상된 것들인 셈이다. 또한 그녀의 시는 우리로 하여금 "수건 안감의 아라베스크 무늬"를 보게 하고 "귀 기울여 듣게" 한다. 우리는 말하기를 유보하고 보고 듣고 느끼는 것을 선행해야 비로소 삼중의 겹을 완성할 수 있게 될 것이다. 우리 머리를 끄덕이게 하는 공감 과정이 그 안에 있다.

　장마 지면 정미네 집으로 놀러 가고 싶다. 정미네 가서 밍크이불을 덮고 손톱이 노래지도록 귤을 까먹고 싶다 김치전을 부쳐 쟁반에 놓고 손으로 찢어 먹고 싶다

　새로 온 교생은 뻐드렁니에 편애가 심하고 희정이는 한 뼘도 안 되는 치마를 입는다고 흉도 볼 것이다 말 없는 정미는 응 그래, 싱겁게 웃기만 할 것이다

　나는 들여놓은 운동화가 젖는 줄도 모르고 집에 갈 생각도 않는다 빗물 튀는 마루 밑에서 강아지도 비린내를 풍기며 떨 것이다

불어난 흙탕물이 다리를 넘쳐나도 제비집처럼 아늑한 그 방, 먹성
좋은 정미는 엄마 제사 지내고 남은 산자며 약과를 내올 것이다

- '정미네' 전문

"밍크이불"은 어느 집에나 있었고 우리는 그 "밍크이불을 덮고 손톱
이 노래지도록 귤을" 까먹었던 기억을 가지고 있다. "김치전을 부쳐
쟁반에 놓고 손으로 찢어 먹고" 싶다고 느낀 경험과 교생의 편애에 대
해 불만을 가졌던 기억, 예쁜 친구를 험담하던 기억이 시인의 머리에
서 튀어나올 때까지 우리는 그저 기억 속에 둥둥 떠 있기만 했을 것이
다. 신미나의 시는 우리에게 '스스로 주어짐으로 돌아감'(장뤼크 마리옹)
을 선사한 기억의 주체인 셈이다.

또한 신미나의 기억은 자신이 직접 보고 듣고 느낀 것뿐 아니라 더
거슬러 올라가 시대적 소멸의 흔적을 길어 올린다. 어머니가 들려주
신 마고 이야기('마고 1·2')를 소재로 삼는가 하면 할머니의 기억과 할
머니와의 접신 과정을 '탱화'('탱화 1·2·3')로 드러내기도 한다. 만약 시
간의 의미를 긍정적으로 정의한다면 '새로움'의 추구라는 개념은 달라
질 수 있을 것이다. 신미나의 시에서 전통적 서정성을 읽어 낼 수 있
다는 것이 새로움을 추구해야 하는 과제를 저버린 것의 증거가 될 수
는 없다. 이는 시가 발견해야 하는가, 발명해야 하는가에 대한 문제일
뿐이다. 신미나의 시는 시간 개념을 긍정하며 발명보다 발견을 더 큰
화두로 삼는다. 이는 타인에게 물려받은 것을 거부하는 것이며 기호
화되지 않은 세부의 것을 발견하려는 의지를 내포한다. 그리고 발견
은 '나 사는 곳'을 살피는 몸짓이며 몸에 각인된 과거를 통한 시인의

존재 방식에 대한 근원적 모색을 뜻한다. 신미나는 언어적 한계를 무화無化하기보다 기억을 통해 자신이 실감하는 쪽을 그려 내고 있는 것이다. 기억을 되살려 시어를 택하고 그 속에서 실감을 표현하는, 들뢰즈식으로 '행동하는' 시인인 셈이다. 단절과 폐허의 상황에서 그녀는 '벽'이 아닌 '문'을 택하고 단절이 아닌 소통을 지향한다. 선명한 기억이야말로 개인을 지탱하는 근원적 뿌리이며 개인의 감각과 사회의 전체성을 함께 붙드는 운동임을 그녀의 시는 증언하고 있는 것이다.

나만의 '침묵놀이'서…
작가의 사유 '상상'을 시작했다

　참으로 더딘 사람에게 당선 소식은 하루를 2배속으로 돌려주었습니다. 평생의 운을 다 써 버린 것이 아닌가 할 정도로 감격스럽습니다.

　농아 부모님 아래서 자라서인지 제게 침묵의 세계는 낯설지 않습니다. 소리 끄고 TV를 시청하면서 대사를 상상하거나 밖을 응시하면서 움직임을 포착하는 것은 제게 재미있는 하나의 놀이였던 것 같습니다. 이는 복잡한 대도시의 물건과 풍경을 감상할 수 있다는 점에서 베냐민이 말하는 '도시의 산책자'까지는 아니더라도 저만의 '정원' 정도는 되어 주었습니다. 괴테의 거리나 베토벤의 산책로처럼 우리는 저마다 방해받지 않는 방식으로 자유롭게 어슬렁거릴 수 있는 정원 하나는 가지고 있다고 생각합니다. 저만의 놀이는 이후 작가의 사유를 상상하는 방식으로, 화자의 숨겨진 목소리를 상상하는 방식으로 조용하지만 강렬하게 뻗어 갔습니다.

　작가들이 남겨 준 언어는 부족한 제 호흡에 맞추어 말을 건네주고 더딘 보폭에 맞게 걸어 주는 친구 같은 존재였습니다. 느리더라도 기다려주고 결말을 함께 상상하고 귀띔해 주었습니다. 크나큰 위안이 되었습니다. 평론의 무게를 가벼이 여기지 않으면서도 따스한 글을 쓰는 사람이 되고 싶습니다. 글을 읽다가 뭉클해져 가슴에 책을 꺼안아 봤던 순간처럼 그런 기억을 잊지 않고 글을 쓰도록 하겠습니다.

심사위원 선생님들께 먼저 머리 숙여 큰 인사를 드립니다. 지도교수님과 동국대 국문과 교수님들께도 감사드립니다. 불편한 몸으로 훌륭하게 잘 키워주신 엄마 김성자 여사와 제 가슴에 늘 살아 계신 아버지 감사합니다. 아버지를 대신해 큰 짐을 졌던 동생 영주에게도 경아에게도, 하나뿐인 조카 젬마와 세상에서 가장 사랑하는 아들 김지환과 배우자, 항상 큰 도움과 응원을 보내준 선생님들께도 특별한 감사를 보냅니다.

단단한 문장 안, 해석하는 이의 필치…
詩 비평 혜안 봐

응모작들은 예년에 비해 내용과 수준이 다소 높아졌다고 할 수 있다. 특별히 페미니즘, 청년, 인공지능 등 시의적인 이슈들을 다양하게 다룬 점은 인상적이었다. 약속이나 한 듯이 다양한 작가와 시인, 현상과 담론 등을 저마다 추적해 완미한 비평문을 완성한 사례가 많았다. 그러나 심사위원들은 담론적 추수 경향이나 지나치게 이론 현시를 보이는 비평보다는 작품 내적 논리를 충실하고도 꼼꼼하게 읽어내는 글에 호감을 가지고 응모작들을 읽어 나갔다. 그 결과 스스로의 해석적 언어에 오랜 시간과 정성을 쏟았을 평론들이 침체기에 있는 한국 평단을 환하게 밝힐 것으로 기대하게 됐다.

심사위원들은 그 가운데 세 편의 글을 오래도록 주목했는데, 숙의 끝에 상대적으로 언어적 안정감을 가지고 한 시인의 시 세계를 정치하게 분석한 염선옥씨의 '몸의 기억으로 '나 사는 곳'을 발견해 가는 언어'를 당선작으로 결정하게 됐다. 이 평론은 신미나 시의 독특한 자리를 개성적으로 파악해 단단한 문장 안에서 그것을 해석하는 이의 시선과 필치를 증명해 주었다. 앞으로 시 비평의 극점을 향해 나아갈 혜안과 역량을 가졌다고 판단했다. 함께 경쟁한 '포스트모던 러브 기어'는 세 여성 작가의 소설을 통해 남성 중심의 신화적 상상력을 뒤집어 읽는 역량을 보여 주었다. 다만 불필요한 이론 서술이 많아 글의 긴장감이 조금 떨어진다는 지적이 있었다. 그리고 '다시 차오르는 코르푸스의 시학'은 '몸'에 착안해 김수영, 문보영 시인을 함께 논의해 본 의욕적인 글이다. 다만 문장이 불안정하고 왜 김수영과 문보영이 연결되는지에 대한 해명이 더 드러났어야 한다는 아쉬움이 따랐다.

당선작이 되지 못했으나 문장력과 문제의식을 두루 갖춘 사례들이 많았다는 점을 부기한다. 담론을 좀더 일상 쪽으로 구체화해 우리 주위에서 살아가는 타자들을 애정 깊게 응시한 결실들도 여럿 있었다. 다음 기회에 더 풍성하고 빛나는 성과가 있을 것을 기대하면서 응모자 여러분의 힘찬 정진을 마음 깊이 당부드린다.

심사위원– 유성호 · 이경수(문학평론가)

2022 세계일보 신춘문예 당선 문학평론

육호수

1991년생
2016년 대산대학문학상 시부문 수상
시집 『나는 오늘 혼자 바다에 갈 수 있어요』
고려대학교 대학원 국어국문학과 석사과정
2022년 〈세계일보〉 신춘문예 문학평론 부문 당선
yookhosoo@hanmail.net

자연의 고아, 시간의 낙과, 우주의 난민
- 허수경 후기시론
(시집 『누구도 기억하지 않는 역에서』[1]를 중심으로)

육호수

허수경의 마지막 시집 『누구도 기억하지 않는 역』까지의 긴 여로를 몇 줄의 문장으로 요약하기란 어려운 일이다. 시의 시작점이자 모어였던 진주를 고향이라는 그리움에게 물려줄 때까지, 전 세계의 폐허를 전전하며 발굴해낸 무수한 고향들을 다시 자연이라는 아득함에게 돌려줄 때까지, 허수경은 지난한 시적 변모의 과정을 감행해왔다. 제 1시집 당시, 동시대 독자에게 '주모적 여성'[2]으로 이해될 때 모두 해명되지 않던 "아낙들의 눈물"(「남강시편3」)이 제 5시집에서 "나의 어머니는 꼬치구이였다"(「카라쿨양의 에세이」)는 고백으로 시작하는 13페이지의 장시로 심화되어 발현될 때까지, 그는 모계를 통해 전해져오는 오

---

1) 이 글은 허수경의 여섯 권의 시집 『슬픔만한 거름이 어디 있으랴』, 『혼자가는 먼 집』, 『내 영혼은 오래되었으나』, 『청동의 시간 감자의 시간』, 『빌어먹을, 차가운 심장』, 『누구도 기억하지 않는 역에서』중, 마지막 시집에 초점을 맞추어 허수경 시인의 후기 시론을 다루었으며, 제 6시집 수록 시의 경우 이하 시의 제목만 밝힌다.

2) 『슬픔만한 거름이 어디 있으랴』 해설, 송기원 「저주와 은초의 사랑」, 실천문학사, 1988. p.152. 『현대시세계』 김정란, 1992, 여름호, p.133. 『한국여성시인연구』, 정영자, 평민사, 1996. p.367 참조.

랜 폭력의 역사를 응시하고 증언한 시인이기도 했다. 폐허 도시의 지층 속 상흔을 발견해낸 고고학적 발굴의 시간을 거쳐, 물에 잠긴 도시들을 하나씩 호명하던 순간들을 우리는 기억하고 있다. 예정된 미래를 향해 직선으로 나가는 근대적 시간관을 역행하여 "뒤로 가는"[3] 시적 여로의 끝에 마지막 시집에서 허수경이 도달한 곳은 문명의 지층 가장 아래, 최초의 기억 이전의 기원의 시간이었다. 오랜 과거이자 도래할 미래인 이 '자연'의 시간에, 폭력의 세계에 대한 비관 속에서도 시인이 잃지 않았던 "나지막한 희망"[4]의 자리가 있다. 그리고 그곳에 오랜 당신과, 고향이 있다.

자연이라는 오랜 불가능

마지막 시집에서 자연은 '자연물'로서 뿐만 아니라 '자연' 그 자체로 시의 전면에 등장하기에 이른다. 이 자연은 인간의 편안한 거주처도 아니고, 문명의 대립항이나 현실의 초월로서의 자연은 더욱 아니다. 이 자연은 시인의 오랜 '당신'과 엉클어져 등장한다.

당신 보고 싶다. 라는 아주 짤막한 생애의 편지만을 자연에게 띄우고 싶던 여름이었다

- 「레몬」 부분

---

3) "어떤 의미에서는 뒤로 가는 실험을 하는 것이 앞으로 가는 실험과 비교해서 뒤지지 않을 수 있다" 제4시집 『청동의 시간 감자의 시간』 뒤표지, 시인의 말 중.
4) "그러나 이런 비관적인 세계의 전망의 끝에 도사리고 있는 나지막한 희망, 그 희망을 그대에게 보낸다. 한 도시가 세워지고 사람들이 한세상을 그곳에서 살고 그리고 사라진다는, 혹은 반드시 사라진다는 이 롱 뒤레의 인식이 비극적인가? 그렇다면 이것은 인간적인 그리고 자연적인 비극이다. 그러므로 이 비극은 비극적이지 않다." 같은 책, 같은 글 중.

자연을 과거 시제로 노래하고 당신을 미래 시제로 잠재우며 이곳
까지 왔네

─「이국의 호텔」 부분

생각해보니 꽃이나 당신이나 모두 노래의 그림자였군요 치료되지
않는 노래의 그림자 속에 결국 우리 셋은 들어와 있군요

생각해보니 우리 셋은 연인이라는 자연의 고아였던 거예요 울지
못하는 눈동자에 갇힌 눈물이었던 거예요

─「그 그림 속에서」 부분

이 "자연"은 차원적 공간이나 관념이 아닌, 시적 실체로 작용한다.
여기에서 자연은 당신에 대한 그리움을 담은 편지의 대리 수신자이
며, 노래의 대상이 된다. 또한 나, 당신, 꽃이 동등하게 상실한, 그리
하여 셋을 우리로 묶어주는 근원이기도 하다. 이 자연은 폐허 도시의
발굴자로서 시간의 지층 가장 아래에 마주하게 되었던 심원深苑인 동
시에, 도래할 빙하기로서의 세계의 전망이며, "꽃"이라는 자연물을 매
개 삼아 순간을 환기하는 '현재의 없는 근원', 우리를 고아로 만든 '파
양한 부모'가 된다. 이 자연은 무엇인가? 무엇으로 자연인가? 어째서
자연인가?[5]

5) 데카르트는 자연을 인간의 자율적인 의식활동과 구분되는 실체로 이해했는데, 이러
한 근대적 자연관에서는 자연은 주체와 대립하며 주체가 이용할 수 있는 질료적 대상
이 된다. 자연이 측량과 계측 가능한 수학적 방법론의 영역 아래에 편입된 것이다. 이
에 하이데거는 이 자연이 본래의 의미가 변화하고 협소해졌음을 지적한다. 그는 현재
우리가 흔히 사용하는 자연으로 분화하기 전의, 희랍의 퓌시스(physis)로서의 자연

포도나무의 시간은 포도나무가 생기기 전에도 있었습니까
그 시간을 우리는 포도나무가 생기기 전의 시간이라고 부릅니까

지금 타들어가는 포도나무의 시간은 무엇으로 불립니까
- 「포도나무를 태우며」 부분

불타는 포도나무 앞에서 시적 화자는 포도나무의 시간과 포도나무가 생기기 전의 시간을 분리하여 사유할 수 있는가 묻는다. 만약 그것이 가능하다고 가정한다면, 포도나무가 생기기 전의 시간은 앞서 말한 '자연'의 시간이라 할 수 있다. 이어지는 포도나무의 시간은 포도나무가 생겨난 후 무수한 포도나무가 세계에서 생멸하며 형성된 역사의 시간, 지층의 시간이다. 여기에서 지금 시적 화자가 마주한 불타는 나무는 포도나무의 시간과 별개로 존재하며, 포도나무의 역사로도 자연으로도 환원되지 않는 현재의 시간, 물질과 몸의 시간이다. 불타는 포도나무의 입장이라면, 자신을 자연으로부터 소외된 "자연의 고아"라고 진술할 테다. 하지만 여기에서 시적 화자는 그 분리 가능성을 확언하지 않으며 각각의 시간에 대한 명명을 질문으로 갈음한다. 이 유보된 명명과 지연된 순간의 허공에서 "빛과 공기의 틈에서 꽃이 태어"났듯

개념을 다시 불러온다. 본래 자연(physis)은 사물 존재 및 인간 존재 전부를 섭리했으나, 서구의 근대 형이상학이 존재 전체로서의 퓌시스를 본격적으로 은폐하여 현대기술문명의 위기를 비롯한 각종 위기를 초래했다는 것이다. 그렇다고 하이데거의 퓌시스를 허수경의 시에 그대로 대입했다간 시의 껍데기만을 취하고 시의 육체를 해석의 무저갱 속으로 던져넣는 우를 범하게 될 게 뻔하다. 다만 허수경이 마지막 시집에서 표면에 돌올하게 드러낸 자연의 여러 함의를 타진해보기 위해서는 근대적 자연관의 둘레를 벗어나 고찰해볼 필요가 있다.

(「그 그림 속에서」) 새로운 가능성의 지평이 탄생한다. 이 시詩공간에서는 '우리'의 자연으로부터의 소외가 '자연물'로부터의 소외로 이어지지 않게 되는 것이다. 허수경의 시는 "불타는 포도나무의 시간" 위에 쓰여진다. 이 영원과 같은 고통을 육체로 겪어내는 찰나, 불가능했던 모든 재회가 가능해진다. 우리가 자연의 고아라는 건, 역으로 우리가 한때 자연과 가장 친연했음을, 당신과 내가 자연 아래 하나의 혈연이었음을 뜻하기도 하기 때문이다.

내 몸속의 오렌지, 세계 바깥의 오렌지

앞서 이야기했듯 그의 시에서 자연은 지금 이곳에 부재한다. 당신과 나는 자연에서 비롯하였으나 자연으로부터 파양되어 흩어졌기 때문이다. 갈 수 없는 근원인 이 자연은 허수경의 '고향' 의식이 더욱 심화하여 발현된 '회복할 수 없는 에덴'이다. 이 상실한 고향은, 그러나 '자연물'을 통해 현재의 공간 위에 얼핏 실루엣을 드러낸다. 특히 이 자연물은 오랜 시간 숙성된 그리움의 정서와 호응하여 계절에 따른 순환의 특성을 가진 '열매'의 이미지로 도드라지게 나타난다. 2부에 수록된 시들은 모두 「딸기」, 「레몬」, 「포도」, 「오렌지」, 「목련」 등과 같은 '열매'나 '꽃'을 나타내는 제목을 가지고 있는데, 이 열매들이 무엇을 환기하는지 살펴보자.

　　당신이 오는 계절
　　딸기들은 당신의 춤에 얼굴을 묻고

영영 오지 않을 꿈의 입구를 그리워하는 계절

－「딸기」부분

달이 뜬 당신의 눈 속을 걸어가고 싶을 때마다 검은 눈을 가진 올
빼미들이 레몬을 물고 향이 거미줄처럼 엉킨 여름밤 속에서 사랑을
한다

－「레몬」부분

먼 사랑처럼 기어이 휘어지면서 오이가 열리든 말든

－「오이」부분

열매들이 올 거다
네가 잊힌 빛을 몰고 먼 처음처럼 올 거다

－「포도」부분

이 열매의 이미지는 그리움의 대상인 '당신', 혹은 "먼 사랑"과 함
께 등장한다. 이 열매들은 "먼 처음", "먼 사랑"과 같은 과거의 시간을
환기하는 현재의 이미지다. 동시에, "먼 처음처럼 올", 혹은 "영영 오
지 않을" 미래를 떠올리게 만들기도 한다. 과거와 현재와 미래의 시간
을 이 열매가 엮어주고 있다. 두 사람이 약속을 위해 걸었을 새끼손가
락 고리처럼 말이다. "꽃"과 "나"와 "당신"이 "자연이라는 연인의 고아"
였다고 진술했듯(「그 그림 속에서」) 이 시편들에서도 '열매(꽃)'를 바라보
며 '나'는 필연적으로 '당신'의 기억을 호출하게 된다. 이곳에 부재하

는 당신과 먼 사랑의 기억이'열매'를 통해 시작된다. 이 열매는 근대적 자연관에서의 주체와 대립하는 질료적 대상이 아닌, 주체와 호응하여 과거에 대한 현재의 불가능성, 재회 불가능성을 시에서 (찰나이지만) 극복하게 만드는 매개이자 배경이 된다. 열매가 열리고, 당신으로 향하는 문이 열린다. 어떻게 이 열매가 불가능한 재회를 가능하게 만들었는지, 그 열매의 모나드가 시「오렌지」에 잘 나타나 있다. 잠시 좁은 걸음으로 살펴보자.

우리의 팔은 서로에게 닿으면서 둥글어졌다 묘지 근처 교회당에서 울리던 종소리처럼 그곳에서 우리는 서로 안았다 우리의 검고도 둥근 시간, 그리고 그 옆에서 오렌지 나무 하나가 흔들거렸다

(중략)

오렌지 나무는 아무 말 없이 녹빛 그늘의 눈을 우리에게 주었다 단단한 잎은 번쩍거렸다 나는 너에게 둥글게, 임신 말기의 여름에 열리던 아주 둥근 열매처럼 단 한번만 더 와달라고 말하려다 참았다

잘가, 라고 말하는 순간 깊숙한 고요는 얼마나 너를 안고 빛의 아이를 낳고 싶어하는가 나는 모른 체했다 그것이 오렌지가 열리는 여름에 대한 예의였다 오렌지 안으로 천천히 감기고 있는 너의 눈꺼풀을 나는 보았다

－「오렌지」 전반부

"우리의 팔"이 "서로에게 닿으며 둥글"어져 결국 포옹하게 되는 과거의 "둥근 시간"에 이 시는 시작한다. 그리고 그 최초의 순간엔 마치 혼례의 증인처럼 "오렌지 나무 하나가 흔들"거리고 있다. 이 둥근 포옹의 모티프는 이후 "둥글게, 임신 말기의 여름에 열리던 아주 둥근 열매처럼 단 한 번만 더 와달라"고 당신에게 재회를 요청하려다 단념하게 되는 장면에서처럼, 여름으로 순환하는 오렌지의 둥근 열매의 계절이 되어 시적 화자에게 부재하는 당신을 환기한다. 최초 '포옹'의 모티프는 오렌지를 통해 "임신 말기"의 둥근 산모의 배로 분화하여 오렌지가 열리는 계절인 여름의 빛과 결합해 "빛의 아이"의 이미지로 심화된다. 그러나 "잘 가"라고 말하는 이별의 순간에 찾아온 "빛의 아이를 낳고 싶"다는 욕망을 "이 삶을 집어 치"울 수 없는 화자는 모른 체하게 된다. "몸은커녕 삶도 추상화가 아니"기 때문이다.

　　우리의 몸은 추상화가 아니었다 우리는 내일이라도 이 삶을 집어 치우면서 먼 바다로 가서 그늘로 살 수도 있었다 언제나 차마 그럴 수 없었다 몸은커녕 삶도 추상화가 아니어서

　　몸속 황금빛 동굴에는 반달 같은 오렌지 조각이 깨어져 있다 여린 껍질 속, 타원형 눈물들이 촘촘히 박혀 시간의 마지막 빛 아래에서 글썽거렸다 우리는 여름 속에 들어온 푸름이 아니라 푸름의 울음이었다

　　　　　　　　　　　　　　　　　　　　　　　　－「오렌지」중반부

이후 시적 화자는 그의 몸속의 "황금빛 동굴"에서 "반달 같은 오렌지 조각"을 발견한다. 너와 나의 포옹의 외부에 있던, 그러나 포옹의 둥긂과의 유사성을 통해 그 포옹을 증거하던 오렌지가 너의 부재 끝에 마침내 나의 '몸속'에서 발견되기에 이른 것이다. 나-당신-오렌지의 삼각관계에서 당신을 매개하던 오렌지가 내 몸속에서 발견될 때, 이 오렌지는 기존의 서정시가 가진 원관념-보조관념 유비의 종속적 틀을 벗어나 그 자체로 하나의 시적 주체가 되어 스스로를 변주해나간다. 이 자연물은 더이상 관조의 대상이 아니며 무엇을 대체하는 자리가 아니기 때문이다. 자연이 몸으로 혹은 기억이 자연으로 전도되는 것이 아니다. 이 시집 전반에서 여러 시를 통해 반복적으로 드러나듯, 내면의 자연과 외면의 자연이 언어를 통해 교호交互작용하는 것이다.

이어지는 행에서 시적 화자는 "우리는 여름 속에 들어온 푸름이 아니라 푸름의 울음이었다"라고 고백한다. '우리'는 여름이라는 시공간 속 '푸름'이라는 일순간 현현하는 속성이 아닌, 푸름의 '울음'이라는 보다 근원적 존재가 되어 현실세계에서의 재회 불가능성을 시의 공간에서 제한적이나마 극복하게 된다. 내 "몸속"에서 오렌지를 발견하게 되었을 때, "우리의 몸은 추상화가 아니었"기 때문에 재회할 수 없는 물질의 세계가 시적 화자의 내면을 투사하는 시의 세계로 치환된다.

잘가, 언젠가 우리 다시 만난다면 어떤 춤을 추면서 너와 나는 둥글어질까, 여름의 장례식, 우리는 오래 나무 아래에 서 있었다 우리는 오렌지의 영혼을 팔에 안으며 혼자서 둥글어졌다 잘가, 원점으로 어

두워가던 너의 발이여, 오렌지빛의 소풍이여

－「오렌지」후반부

　그러나 이 순간적 재회는 완전하지 않고, 다시 이별의 순간, 즉 "여름의 장례식"이 찾아오게 된다. 이곳에서 우리는 서로가 아닌 "오렌지의 영혼을 팔에 안으며 혼자서 둥글"어진다. 오렌지의 영혼을 포옹하며, 오렌지 열매라는 자연물이 현현해내는 그리움의 순간을 "오렌지의 영혼"의 시간, 즉 "원점"의 자연으로 돌려보내는 제례의 시간이 찾아온 것이다. "자연의 고아"였던 우리는 이제 "여름의 장례식"에 와 있다. 여름이라는 시간에서 분리된 "오렌지의 영혼"이라는 '시간의 낙과'를 다시 자연으로 돌려보내기 위함이다. 최초의 "오렌지 나무"는 여름의 "오렌지 열매", 몸속의 "오렌지 조각"을 거쳐 이제 "오렌지의 영혼"이 된다. 상실을 배태하여 다시 상실하는 이 기이한 생명력으로 시인은 몸속의 오렌지와 세계 밖의 오렌지가 만나는 기수지汽水地가 된다.

자연의 고아, 시간의 낙과, 우주의 난민

　이 자연은 '바람', '태양', '열매' 등의 자연물의 이미지나 자연현상으로 뿐만이 아닌 시간과 공간이 되어 시적 사건이 일어나는 배경으로 작용하기도 한다.

　　오랜 시간이 지났다 그리고 우리는 만났다
　　얼어붙은 채

누구도 기억하지 않는 역에서

내 속의 할머니가 물었다, 어디에 있었어?
내 속의 아주머니가 물었다, 무심하게 살지 그랬니?
내 속의 아가씨가 물었다, 연애를 세기말처럼 하기도 했어?
내 속의 계집애가 물었다, 파꽃처럼 아린 나비를 보러 시베리아로
간 적도 있었니?
내 속의 고아가 물었다, 어디 슬펐어?

(중략)

하지만
무언가, 언젠가, 있던 자리라는 건, 정말 고요한 연 같구나 중얼거
리는 말을 다 들어주니

빙하기의 역에서
무언가, 언젠가, 있었던 자리의 얼음 위에서
우리는 오래 즐거운 시간을 보냈다, 아이처럼
아이의 시간 속에서만 살고 싶은 것처럼 어린 낙과처럼
그리고 눈보라 속에서 믿을 수 없는 악수를 나누었다

헤어졌다 헤어지기 전
내 속의 신생아가 물었다, 언제 다시 만나?

네 속의 노인이 답했다, 꽃다발을 든 네 입술이 어떤 사랑에 정직해
　질 때면
　　내 속의 태아는 답했다, 잘 가

- 「빙하기의 역에서」

　빙하기는 선사시대 인류가 문명을 이루기 전 찾아왔던 과거이며, 또 계절과 같이 도래할 미래의 기후이다. 모든 것이 얼어붙은 빙하기는 시에서 '역'이라는 문명의 공간을 감싸고 있다. 제 4시집 「청동의 시간 감자의 시간」에서 문명적 시간이라 할 수 있는 "청동으로 된 시간"이 땅속의 "감자"가 자라는 자연의 시간과 분리 병치되어 제시되었던 것과는 달리 이 시에서는 하나로 결합되어 나타난다. 이 "빙하기의 역"에서 우리는 "얼어붙은 채" 불가능한 재회를 한다. 앞선 시 「오렌지」의 시적 화자가 몸속에서 "오렌지"를 발견했듯, 이 시에도 "내 속"의 여러 화자들이 너에게 말을 건넨다. 이 화자는 "할머니"로부터 시작해 "아가씨"와 "계집애"를 거쳐 "고아"로 시각을 역행하는 순으로 나뉘어 모든 시간에 걸쳐 너와 해후한다. 이곳이 모두에게 잊힌 "누구도 기억하지 않는 역"이고, 우리가 세계로부터 벗어난 "얼어붙은" 존재이기 때문에 가능한 시간이 펼쳐진다. 과거-미래-현재의 우리가 동시에 존재하게 되는 것이다. 때문에, 이곳의 이별은 한 번의 헤어짐으로 종결되는 사건이 아니게 된다. 모든 시간의 내가 너를 상실하는 과정이며, 거듭 이별의 시간을 되풀이하며 이별이 곧 해후가 되는 것이다. 과거에서 미래를 향해 선형적으로 진행되는 "청동의 시간"으로부터의 탈주는 우리의 "믿을 수 없는 악수"를 가능하게 해준다. 빙하기라는 자연이 불가능한 시간성을 가능

185

하게 만드는 얼어붙은 시적 공간을 만들었기 때문이다. 이 빙하기의 역은 '역'이라는 흔적이 말해주듯 문명 이전 원시의 자연 공간이 아닌 "무인가, 언센가 있었던 자리"의 얼음 위다. 또한, 이는 기독교의 과거-현재-미래의 직선적 시간관을 계승하여 미래와 진보에 대한 긍정을 그 특징으로 하는 근대적 시간관에서 제시하는 미래로부터의 탈주이기도 하다.

'어린 낙과'인 우리는 세계의 열매인 동시에 싹을 틔워 새로운 세계를 만들 수 없는 '어린' 고아이기 때문에 다시 함께 이전의 세계로 돌아갈 수 없다. 이 오래된 에덴에서 마지막 이별의 순간 "잘 가"라 작별을 고하는 건 나의 근원에 가장 가까운 "태아"의 순간이다. 제 4시집에서부터 문명의 지층을 거꾸로 파 내려가며 발견한 전쟁과 폭력의 상흔을 드러내며 대결해온 인류의 세계를 시인은 이제 오래된 미래인 자연의 세계로 다시 환원한다.

　　태양은 나를 오늘도 고아로 남겨두었다
　　노을로 부풀어 오르는 저녁을 던져주고
　　태양은 떠나가고
　　고아였네, 우리는
　　반나절의 그리고 영원의 고아
　　시간의 실을 양 떼의 무심한 먹이와 바꾸던 고아

　　　　　　　　　　　　　　　　- 「지구는 고아원」 부분

　　하얗게 남은 인간과 짐승의 뼈가 널린 황무지

자연을 잡아먹는 것은 자연 뿐이다

- 「아사餓死」 부분

그들은 없는 이들 보이지 않는 자연의 천사
나뭇잎이 떨어진다 의지 없이 기억 없이

- 「그 그림 속에서」 부분

그렇다면 우리는 왜 "자연의 고아"인가? 시간과 자연은 어째서 우리를 파양하고 이곳에 남겨두는가? 다시 처음으로 돌아가 생각해보자. 자연은 스스로를 우리에게 열어 보이며 우리에게 그 원래 자리인 근원을 환기시킨다. 그러나 우리는 그 근원에 닿을 수 없는 시간 속 필멸의 존재들이기에, 자연은 우리에게 끝없이 펼쳐보이는 현상들 속에서 기억과 회상이라는 그리움으로 우리를 밝히고 떠나간다. 우리는 "타들어가는 포도나무의 시간" 위의 존재로 남아 우두커니 영원의 고아가 된다. 고아라는 상흔 위에서 너와 나는 비로소 우리가 되는 것이다. 허수경 시에서 꽃, 열매, 포도나무, 태양 등의 여러 자연물들은 이 자연이 발현하는 순간이라고 할 수 있으며, 우리를 "자연의 고아"라고 고백할 때의 자연은 스스로를 감추며 본래의 자리인 근원으로 돌아간다. 이 양가적 사랑의 세계에서 시인은 은폐하는 자연 속으로 돌아가지 않고, 기억과 회상의 그리움의 자리인 고아의 자리에 남기를 자처했다.

너는 왔는데도 없구나, 새롭고도 낡은 세계 속으로 나는 이미 잃어

버린 것을 다시 잃었고

- 「너, 없이 희망과 함께」 부분

하늘에 구멍이 뚫릴 때 청년이 아직 가슴에 피를 흘리면 우주의 난민이 되어 구멍으로 들어가고 있었네

- 「죽음의 관광객」 부분

우리의 현재는 나비처럼 충분했고 영영 돌아오지 않을 것처럼 그리고 곧 사라질 만큼 아름다웠다

- 「레몬」 부분

나비처럼 날아가다가 사라져도 좋을 만큼
살고 싶다

- 「농담 한 송이」 부분

은폐된 자연 속으로 돌아감이 아니라, 고아로 머무름에 허수경 시의 미학이 있다. "나비처럼 날아가다가 사라"지고 싶다고 말하는 것이 아닌, "사라져도 좋을 만큼 살고 싶다" 말한 이유도 여기에 있는 것이다. 이는 불멸의 욕망도, 사라짐의 미학도 아닌, 허공을 껴안은 채 사라질 만큼 살아가며 '머무름의 미학'이다. 이 머무름의 자리는 "흰 빛의 마라톤을 무심 지켜"보아 "나는 사라지고 /시인은 탄생"(「눈」)하는 자리이기 때문이다. 이 자리에 "몇백년 동안 되풀이된 항의였던 희망"(「너, 없이 희망과 함께」)이 있고, "타들어가는 포도나무"가 있으며, 이곳에서라면,

"당신을 위해서라면 모든 세상을 속일 수 있었다"(「레몬」)고 늦은 고백을 할 수 있다. 허수경에게 시인의 자리는 고아의 자리, "곪아가는 낙과"(「나의 가버린 헌 창문에게」)의 자리이며, "우주의 난민"(「죽음의 관광객」)이 지켜야 할 자리였다. 그리하여 이 세계의 고아를 자처하여 머무를 때, 시인은 오랜 당신인 세계에게 천진하게 물음을 던질 수 있었다. "지구여 네 바깥에는 태양 빛 별들이 / 고아로 남겨져 있는가?"(「나의 가버린 헌 창문에게」)

당선 소식을 듣고, 가장 먼저 허수경 시인께 연락하고 싶었어요. 부스터샷을 맞고 와 선잠에 들어 혼몽 중에 당선 전화를 받았고, 지금이라면 어쩐지 그곳으로 전화를 할 수 있을 것 같았거든요. "삶이 죽음에게 사랑을 고백하던 그때처럼", 당신의 시를 읽으면서만 견딜 수 있었던 시간이 참 많았다고 고백하고 싶었지요. 이 세상에서는 한 번도 뵌 적 없고 뵐 수 없게 되었지만, 시의 세계 그 여러 겹의 품 안에서 참 오래 만난 것 같다고, 시를 읽으며 슬픔으로 슬픔을 견딜 수 있게 되었고, 죽음 덕분에 죽음을 두려워하지 않게 되었다고, 시인으로 일생을 살아냈음에 감사를 전하고 싶었습니다.

평소 전하지 못했던 고마움과 사랑을 글로나마 전하고픈 분들이 많습니다. 암중모색 가운데 나침반이 되어주시는 오형엽 선생님께. 주필走筆, 글이 달려나가는 것을 경계하라 일러준 김종훈 선생님께. 시를 품고 살아가는 삶의 기쁨을 알려주신 정은귀 선생님께. 문학에 대한 저의 우문을 쉬이 넘기지 않고 함께 고민해주신 이성혁 선생님께. 시 쓰기와 평론을 함께하며 빠지기 쉬운 도랑들을 일러주시고 조언해주신 권혁웅 선생님께. 깊은 애정과 감사를 전해요. 두려운 길이지만, 일생을 거쳐 시와 함께하겠다는 용기를 가지고 임하겠습니다. 그리고 무엇보다, 이 세상의 끝에서 시를 쓰고 계신 모든 시인들께 제가 가진 모든 고마움과 존경을 전하고 싶어요.

마지막으로, 이 글을 보고 있을 오랜 당신께 인사를 드립니다. 안녕하세요, 저는 이번에 허수경 시인의 마지막 시집으로 글을 썼습니다. 겨를을 내어 이 시집을 봐 주신다면 좋겠어요. 곁에 두다 언젠가, 어떤 시간을 겪고 난 후에, 전에 읽히지 않던 어떤 문장이 말을 걸듯 선명하게 다가오는 순간이 당신에게 찾아올지도 모릅니다. 그때, 당신이 어떤 외로움을 지나왔는지, 어떤 상실을 겪고 이 삶에 서 있는지, 시를 통해서만 발견할 수 있는 터널이 당신의 눈앞에 생겨날 거예요. 그 터널을 함께 지난다면 좋겠어요. 제가 평론가가 된다면 당신을 시에 초대하는 일에 가장 열심이고 싶어요. 당신에게 더 재미있는 초대장을 보내드릴 것을 약속해요. 당신은 이 세상 모든 시의 단 하나의 수신인이니까요.

특색 있는 문체 · 난해한 부분 있는 대로 매력적

46편이라는 엄청난 응모작을 심사하는 일은 상당한 노동이었다. 분량 자체가 그러한 노동을 요구했지만, 응모작들의 수준이 예년에 비해 매우 높아져서 우열을 가르기 힘들었고, 따라서 힘든 노동이 아닐 수 없었다.

먼저 불가피하게 선정에서 배제되어야 할 작품은 대략 다음과 같은 것들이었다.

1)대학 제출용 레포트를 거의 그대로 보낸 것들이 꽤 있었다. 2)평론 대상이 되는 작가나 작품들이 아직 객관적 평가에 이르지 못한 경우 이를 다루는 것은 다소 위험하다. 3)문장이 비문이거나 문체가 난해하고 현학적인 경우도 기본에 어긋난다고 할 수 있다. 이러한 엄격한 조건 아래 응모작들을 추려놓고 보아도 10편 남짓 우수한 수준 때문에 심사자를 힘들게 했다. 문제의식이나 주제가 훌륭한 작품들이 조건 2), 3)을 건드리기도 했고, 그 반대의 경우도 있었다.

그 결과 다음 5편을 심도 있게 읽고 육호수씨의 허수경론 '자연의 고아, 시간의 낙과, 우주의 난민'을 당선작으로 결정하였다. 허수경 시의 자연관을 깊이 있게 읽고 그 의미를 분석한 이 글은 무엇보다

한 평론가로서의 특색 있는 문체가, 때로 난해한 부분이 있는 대로 매력적이었다. 물론 그 의미의 창출도 신선한 면이 있는데 6권의 시집 전체를 조금 더 포괄적으로 다루었으면 좋았겠다는 아쉬움은 있다.

당선을 양보한 다른 네 분의 작품들은 허은정의 김초엽론 'SF, 4차원의 사랑법', 박늠의 김행숙론 '우리는 어디까지 갈 수 있을까요', 이준서의 신영배론 '물랑', 그 순수성과 움직임의 미학', 양동진의 박상수론 '우리, 실패 박남회장에서 만나' 등이다. 육호수씨 당선을 축하한다.

심사위원– 김주연(문학평론가)

2022 조선일보 신춘문예 당선 문학평론

염선옥

1971년 경기 출생
서울여대 영문과 졸업
동국대 대학원 국문과 박사과정 수료
2022년 〈조선일보〉 신춘문예 문학평론 부문 당선
tell2000@naver.com

난파와 해체를 넘어 인간 재건과 복원을 열망하는 언어

-백은선론

염선옥

침몰의 과정을 통과한 난파선

난해성 때문에, '무의미의 사전'이라고 불리는 백은선의 시집을 가리켜 독자를 의식하지 않는다고 부를 수 있을까. 백은선의 시집은 범람하는 문장, 슬픔과 불안, 자학과 가학을 실은 난파한 배의 모습과도 같다. 시인에게는 어떤 의미로 확정되거나 하나로 수렴되는 단정적인 관념어는 "밀봉해서 꼭 끌어안아 터뜨려버리고 싶"(「가능세계」)은 '거부감'으로 남아 있다. 이러한 관념어의 단절, 이미지 묘사의 나열, 파편화된 시어, 비서사, 방향을 잃은 듯한 화자의 발화 방식 등 '비신비'(「비신비」)적인 것들은 데리다의 '난파선'을 연상시킨다. 데리다에게 난파선은 침몰이라는 몰락과 파괴의 과정을 통과해 분쇄되고 남아 새롭게 등장한 거의 알아볼 수 없는 형상이다. 이 때문에 백은선의 시는 즉흥적이고 자동기술과도 같다. 이는 종종 시인이 시의 화자를 통해 '갈겨

쓰기'(어려운 일들) 때문일 것이다. 그러나 시인이 한 대담에서 한 편의 시에 많게는 열댓 번, 적게는 대여섯 번의 퇴고 과정을 거친다는 고백을 참조해 볼 때 즉흥적으로 시를 완성한다는 것은 오해일 수 있다. 그는 오히려 새로운 구성을 위해 데리다 식의 난파선 즉 해체 과정을 대입하는 것이다.

백은선에게 세계는 "말하거나 하지 않음으로"(「청혼」)의 모습이다. 이는 전수된 현대시의 전통을 부정하는 역설적 방식이다. 가령 백은선은 '풍경'이라는 개념에 가려진 풍경을 보여주고자 풀어낸다. '풍경'이라는 개념어가 인스턴트처럼 소비되면 각기 다른 얼굴의 풍경은 사라지고 '동일한 풍경'만을 연상시키도록 강요받게 된다. 그러나 시인은 그런 시대가 아닌 "신이 우리에게 무엇을 부여한 것"(「청혼」)을 "말해진 적이 있거나 바람에 대해 말해진 적이 없는 것, 말해진 만큼이 얼마인지 알 수 없는 것, 빛나는 것들을 전부 생각할 수는 없"음을 말해야 한다고 주장한다.

한 편의 시가 하나의 얼굴이라면. 모두 눈 코 입을 가졌는데 얼굴마다 생김새가 다른 것처럼. 가만히 들여다보고 있으면 떠오르는 상이 있다면.

네 얼굴은 갈가리 찢겨 있어.
눈과 코와 입이 전부 따로 놀아.

지구 반대편에서 눈 내리는 소리가 귓속을 맴돈다.
- 「비신비」 일부

시인은 "한 편의 시가 하나의 얼굴이라면"이라고 가정을 해본다. "모두 눈 코 입을 가졌는데 얼굴마다 생김새가 다른 것처럼" "가만히 들여다보고 있으면" 떠오르는 상이 각기 다른 것처럼, 각기 다른 것이 시일텐데…… 동어반복적 이름으로 호명되며 생산되는 시적 방향에 회의적이다. "다 지워버릴 것을 계속해서 적어 내려가는 저 불쌍한 손들을 이미 씌어진 것들을 다시 반복하는 아무도 붙잡아주지 않는 차가운 마디를 아름다운 것은 참으로 무서운 것이구나 그렇지 않니"(「밤과 낮이라고 두 번 말하지」)를 통해 시인이 '현대시'라는 이름으로 자행되는 시쓰기에 회의적이구나 짐작이 된다. 그렇다면 시란 무엇일까. '현대적인 것' 하면 꼭 전통의 배반이나 지칠 줄 모르는 자기부정이 떠오르게 된다. 자본주의 사회에서 시도 대중문화라는 서구 산업자본주의에 따른 기성품이 되었고 시를 쓴다는 행위가 생산을 위한 생산과정, 공정과정이 존재하는 것에 이르게 되었다. 시인을 생산하는 시 아카데미가 생겨나고 학습된 시의 습작 과정이 시란 이런 것이다, 정의를 내리게 했다. 독자가 이해하지 못한다는 것은 생산에 참여한 시인에게 일정 정도 책임이 있다는 점이 될 수 있다. 그러나 백은선은 현대적인 것의 추구 속에서 기성품화되어가는 시적 생산을 부정하는 방식으로, 현대적인 것과 결별하는 방식으로 새로운 시작의 도래를 희구하는 것은 아닐까. 백은선은 "시가 뭘까"(「언니의 시」) 하고 끊임없이 자문하고 자답한다. "모래 속에서 시작해/빗속에서 시작해/눈보라를 안고 시작해/……"라는 언니의 글을 읽는 시의 화자는 "꿈에 대해서는 쓰지 말"고 "사랑 얘기도 가족 얘기도 나에 대한 것도" 쓰지 말고 "질문으로 시작하라고" 하는 언니에게 "나는 너무 무서워"라고 말한다. "모든 것이 돌연하게 질서 안에 있"기 때문이다.

고유한 모두의 얼굴처럼 인위성을 제거하고 진정성을 향하는 분위기를 구성하는 것이 시라는 주장은, 시의 형식과 내용에 자율성을 부여하되 시의 역사가 도달하고자 하는 결과를 기준으로 삼아 판단하지 말자는 일종의 저항이 된다. 이는 현대시가 탈개인화, 탈사회화, 단절, 혁신, 환상을 적당히 버무린 개념을 기준 삼아 쓰이고 있는 시가 닫힌 미래와 싸우는 시적 지향성과 일치하는지 묻는 셈이다. "갈가리 찢겨 있"는 "눈과 코와 입이 전부 따로" 논다는 것, 그래서 모든 감각이 열려 있기에 "지구 반대편에서 눈 내리는 소리가 귓속을 맴"돌 수 있는 것이 개인과 자연의 감각인데 한 모양과 한 단어로 표현되는 것이 시의 정체성이라는 것은 계속해서 그로 하여금 시적 물음을 갖게끔 하는 것이다.

개념 혹은 관념어는 '우리'라는 공동체의 질서를 위한 '소통만능주의' 발명품이다. 그러나 시적 풍경이 꼭 '소통'되어야만 하는가, 물을 수밖에 없다. 우리가 사용하는 '풍경'이라는 관념어는 무수히 말해지지 않은, 말해져야 할 것들이 하나의 주머니 안에 꾸겨져 담긴 것과 같다. 이 구겨져 있는 의미를 펼칠 때 오히려 시가 되지 않겠느냐는 백은선의 말은 지극히 정당하다.

변형된 것은 저고라고 불리는 청각실험기 안에서 발생합니다. 저고는 사람도 아니고 사물도 아닙니다. 저고가 생겨난 것은 영혼을 발명하고자 하는 시도로 인한 것이었습니다. 저고를 만드는 데 사용된 것은 만 명의 울음소리와 웃음소리, 추락하는 물질의 속도와 지면에 닿은 순간 파손되는 힘, 그 힘이 사라진 후에 남은 조각들입니다. 우리는 관념 속에서 시작합니다. 관념 속에서 커다란 동그라미와 작은 동

그라미 작은 동그라미 속에 무수한 눈동자가 정반합으로 회전하거나
튀어 오르는 상상입니다.

- 「저고」 일부

　백은선의 시가 난파선과 같아서 이해 과정에 어려움을 겪는다는 호
소는 어쩌면 당연한 일이다. 그에겐 "파손되는 힘"이 "사라진 후에 남
는 조각들"이 바로 시이기 때문이다. 시인의 시적 실현은 "관념 속에
서 시작"하는 우리의 사유를 "다시 겹치거나 해체하는 작업"의 일환이
다. 그는 '남은 조각들' 속에서 "정반합으로 회전하거나 튀어오르는 상
상"을 갈망하며, "우리의 우리라고 우리가 천명한" "소리를" "텅 빈 상
태"로 전환하려 한다. 시란 무엇인가는 언제나 시인의 화두이기에 그
는 늘 시적 형식과 내용의 제약을 '탈학습'하려는 태도를 보인다. 그래
서 백은선의 시는 이해되기 어렵다, 혹은 소통을 지향하지 않는다는
말로 정의되는데, 백은선이 이해하는 소통되는 시란 자본주의 사회에
서 구성된 제품의 방식과 다르지 않다. 사회는 이미 구성된 것들이 함
의를 가질 때 비로소 이해되고 질서가 유지되기 때문이다. 이에 백은
선에게 '이해'란 정착된(predeterminded) 사유의 소비이기에 '이해가 잘
되는 시'란 공통의 감각으로 공유된 무언가이기보다는 인위이고 회의
적 현대시의 부산물로 다가온다. 이는 정치적 맥락으로 형성된 정치
적 기억의 과정이자 학습의 산물이 되는 셈이다. 백은선에게 이해란
"디근의 마음으로" 당신이 "나를 함부로 이해하"(「어려운 일들」)는 일이다.
이에 '이해'를 도모하는 일은 '우리'라는 공동체가 전제된다. '우리'라
는 문화공동체가 하나의 장 안에서 소통되는 방식을 생산하고 유통하
며 소비했기에 가능한 일이다. 이것 역시 하나의 국가나 기업 활동과

같아서 권력의 메커니즘과 무관하지 않다. 다시 말해 '이해'라는 매트리스 커버 아래에는 권력의 질서라는 매트리스가 숨겨져 있는 셈이다. 백은선은 "우리"라는 이름이 "끝장났으면 좋겠다"(「가능세계」)고 말하고 세상의 "굴러가"는 방식은 "이런 문장은 위험하니 쓰지 말라고 충고해 줄 선배"가 "없어도 없고 싶은 없는 것"이 되기를 시의 화자는 바라면서 "백년 뒤에 증명"될 '명제'에 대해 "끝장이라고 다 끝이라고" 이것이 "가능"하기를 바라고 있다. 다시 말해 백은선의 불통의 시는 "'삶을 위한 거짓말'에 대한 공격"(야스퍼스)인 셈이다.

진정 시인이 "담아내고 싶"(「가능세계」)은 세계는 감각의 세계이지 관념어의 세상이 아니다. '광경'이라는 개념어로 포장된 것이 아닌 "숲의 창백과 바다의 권태 손목은 병렬 비 내리는 음가 지워질 광경들"을 담아내고 싶어하는 것이다. 시인은 '광경'이란 개념어로 포장된 것을 "밀봉해서 꼭 끌어안아 터뜨려버리고 싶"은 것이며, 시인은 '낭만', '광경', '사랑' 등으로 개념화된 의미들로 소통을 지향해야 할 것이 아니라, 시인이라면 그것에 묶인 의미들을 풀어헤쳐서 나열하는 과정 다시 말해 소통을 비-지향해야 한다고 주장하는지도 모른다. 백은선에게 궁극적으로 확고하거나 하나로 수렴되는 것은 없다. 그래서 시인에게 새로운 시적 구성은 일단 '난파'된 것 즉 해체의 과정을 통해 일어난다(알라이다 아스만 『기억의 공간』, 482). 돌이 원래 "돌의 무게로 놓여 있"듯(「언니의 시」) 시의 형식과 내용도 그런 것이 아닐까 사유한다. 시는 옳고 그름의 문제로 따져 물을 것이 아니다. 그저 "이것은 아무것도 아니다. 돌은 어디에나 있고 시인은 그것을"(「도움의 돌」) 너무나 잘 알고 있다.

'사이'의 산책자로서

그의 시가 난해하다고 생삭뇌는 또 다른 이유는 '나'와 '너', '우리'에 관한 것이 아니라 그 '사이'에 관한 응시 때문이다. 백은선에게 시는 존재와 자연, 텍스트와 콘텍스트 '사이'의 기록이고 응시와 존재 '사이'의 울림이다. 시인의 글을 조망할 수 없음은 두려움이 헤아릴 수 없는 골짜기나 웅덩이에서 발생하듯 응시에서 쏟아져 나오는 '갈겨쓴 글'의 깊이 때문이다. 백은선의 시를 읽는다는 것은 '사이'를 사유하는 일이다. 수미일관 '사이'를 사유하는 덕분에 백은선의 시를 읽기 어렵다고 볼 수 있다. 그러나 헤겔이 "시쓰기는 근본적으로 낱말로 드러냄(Zum-Wort-Kommen) 이외에 그 어떤 것이 아니다"라고 말했듯 시짓기는 세계-속에-있음으로서의 실존의 밝혀짐 이외에 사실 그 어떤 것도 아니다. 따라서 시인의 목소리는 '갈겨쓴' 낯선 글 속에 오롯이 담겨있는 셈이다.

백은선에게 '사이'는 처음과 끝, 과거와 미래 사이에 놓인 현재에 관한 사유이다. 세계가 "시작과 끝이 맞물려 있"(「파충」)고 "동시에 태어난" 세계일 때 '사이'의 사유는 '지금'에 관한 사유이자 동시에 무한한 것에 관한 사유인 셈이다. '유추'와 '비유추' 사이를 가늠하고 '세계'와 '비세계' 사이를 '인간'과 '자연' 사이에 무수한 소통되지 않는 목소리를 더듬듯 언어를 탕진하며 끝까지 밀고 나가 소진하고 마는(조연정) 깊이를 가늠할 수 없는 사이에 관한 사유이다. 이는 화자가 '허공'에서 '내려다봄'을 지속하는 이유가 된다. 허공에서 '내려다봄'은 이 땅에 발을 딛고 전해 오거나 이전에 이미 공간 속에 만들어진 공유된 공동의 음, 즉 짜 맞춘 생각의 틀에서 벗어나고자 하는 시도로 바뀌면서 하나의 작용에 대한 시인의 반-작용이 될 수 있다. 시인에겐 언제나 "다른 중력이 작용했"(「도움받는 기분」)을 테니까. 이성이 작동되어 제약과 관습, 관념이 단단히 뿌리 내린 사회에서 '상승'을 꾀하는 시인은 자유와 주권을 확보하려는 노력으로 볼 수 있다. 시의 화자는 높은 곳으로 가 아래를 내려다보는 수직의 시선을 갖는다.

어두운 강의실에 앉아 그런 것을 떠올렸다

천 미터 상공에서 천 장의 종이를 뿌린 다음,
서로 겹쳐진 부분만 남긴다면

색색의 스프레이
분홍이나 파랑 초록 보라 빨강 빨강
포개진 영역만 표시한다면

가장 높은 건물 옥상에 올라가
내려본다면

어떤 무늬일까?

(중략)

천 미터 상공에서 종이가 내려앉기까지의 시간

분포와 확률에 관한 예감

포개진 것들은 아름답고

　　　　　　　　　　　　　　－「클리나멘」 일부

　백은선의 시적 공간은 '사이'이며 사이의 지평은 '허공'이 된다. 백은선에게 이 땅은 이미 실패한 세계이다. "실종된 우리"를 "실종되지 않은 우리 안에서"(「저고」) 찾으려는 시인에게 '우리'라는 관계는 서로를 상처 주는 존재이다. "실종된 우리" 속에서 '우리'는 '우리'에게 가닿지 못하는 메아리일 뿐이다. 또한 백은선에게 이 땅은 무수한 '관념'어와 상징이 만들어져도 소통이 깨진 세계이고 시적 세계가 구축되었어도 아직 말하지 못한 것들이 시적 형식에 갇혀 말해지지 못하는 그런 실패한 세계이다. 백은선은 '사이'를 조망하며 이 땅에서 멀어진다. 화자는 "허공을 가위질하며 지나가는"(「중력의 대화자들」)것을 응시하는 자이다. 「클리나멘」은 수평적 질서가 무너진 이 땅에서 멀어져 모든 것을 리셋(Reset) 하려는 듯 '수직'의 시선을 유지한다. 마치 세상을 지배하는 '수직적인 질서에 대한 승부처럼'(양경언) 세상을 바라보는 것이다. 시인의 '사이'에 관한 관조는 세상을 다시 창조하는 열망이다. "천 미터 상공에서 천 장의 종이를 뿌린 다음, 서로 겹쳐진 부분만 남긴다면" 새로운 '우리'가 된 종이들... "어떤 무늬일까" 그렇게 "포개진 것들은 아름다"울 것이라는 화자의 고백은 '결정된 부력'(「범람하는 집」)이 없는 세계이고 정의되지 않은 세계와 그 관계가 아름다울 것이라는 고백으로 해석될 수 있다. '이 땅'에서 지시된 많은 것이 사라져야 할 것들이라는 시인의 '사이'의 사유는 마침내 '끝장나'기를 바라고 파국의 세계를 파괴함으로써 다시 새로운 세계를 구축하려 한다. 시인은 "불가능과 가능의 묶음처럼"(「미장아빔」) 사이를 사유한다. "0과 0 사이"(「0의 방백」), "혼절과 반복 사이"(「가능세계」)를, "부피와 탈부피 사이"(「가능세계」)를, "말하거나 하지 않음" 사이(「청혼」)와, "말과 진짜 생각 사이"(「목격자」)를, "나무와 나무 사이"(「목격자」)와 나와 늙은 여자 사이에서 파생된 "균열에 대한 이미지"(「아홉 가지 색과 온도에 대한 마음」)를 묘사하고 있다. 사이를 목격한다는 것은 "새로운 장르를 개척"(「목격자」)하는 존재이고 도시의 산책자가 되는 일이다.

'도시의 산책자'가 되어 본 사람이라면 혹은 도시에서 활동하는 대중 '사이'를 산책하는 사람이라면 어떤 목적에 의해 분주하게 움직이는 군중들과 부자연스러운 대조를 보이는 자신을 확인할 수 있다(벤야민). 이 과정에서 사물과 존재는 은밀한 방식으로 자신을 드러내게 된다. 다시 말해 통과되지 못하고 비닐 박판에 걸리는 이미지들이 있다. 어떤 개념어로 가두어도 벗겨져 드러나고 마는 것. 우리가 백은선을 제대로 이해하기 위해서는 개념으로부터의 전환 즉 정동, 정념의 것을 개념 이면에서 느껴야 한다. 바람을 느낄 수 있지만 말할 수 없다. 언어의 한계이자 말해지지 않은 것들이기 때문이다. 백은선의 시는 잡히지 않는 바람처럼 느껴야만 한다. 그 감각은 하나의 무언가로 환원될 수 없는 것이며 저마다 다른 것이기에 '소통'과 '이해'를 촉구할 수 없다. 이는 "너는 죽은 사람을 생각하고 나는 너를 생각"(백은선, 책 맨 뒤)하는 것처럼 다른 것이고 "너는 종을 치고 나는 잊히지 않는 한 단어를 생각"하는 다른 배경 때문이다.

물론 시인도 처음부터 하나의 개념으로 수렴될 수 없는 것을 쓴 것은 아니다. 백은선도 다른 시인들처럼 하나의 의미가 절대적 의미로 여겨 "특별한 깃, 센 것"을 썼다고 고백하고 시어에 매달리고 형식에 매달렸다고 말한다. 어떤 사람들이 "수간이나 미러볼 혹은 죽음과 사랑을 소재" 삼을 때 "특별한 것 센 것이 근원에 가까이 갈 수 있는 통로가 될 것 같았"(「도움의 돌」)기 때문이다. 그래서 백은선 역시 "실종된 형제에 대해 쓰고 폭력과 근친에 대해 썼다고 고백한다. 수치스럽고 즐거웠다"고(「도움의 돌」). 그러나 시인은 이제 "모든 쓸모없는 것들에 대해 생각하기로 생각을 한다." 그것은 "마을의 나무 아래 있던 돌"처럼 소소하고 "의미 없는 일이지만 중요"하다. 백은선에게 시를 쓰는 행위는 '일'이 아닌 '존재'의 이유가 된 셈이다.

거대한 색을 움켜쥐고 있는 물속의 나무를 생각한다.

어느 날 눈이 잎사귀 끝을 스치고 가라앉는 장면. 하얗게 눈을 뒤집어쓰고 요요히 떠오르는 하얀 나무.

나무가 온몸을 뒤흔들며 중얼대는 것을, 한 단어를, 하나씩 꺼내, 조용히 읊조리는 것을.

깊이 잠겨 그것을 엿들을 때. 나는 지워지는 것 같다.

무엇을 말할 수 있을까. 물을 때. 나는 점점 더 의기소침해진다. 갑자기 아무것도 연주할 수 없게 된 사람처럼.

더듬거리며 고백할 수 있을 뿐이다. 내가 지켜보는 풍경을. 입술을 뗀 직후 연인의 얼굴을 볼 때. 그의 눈 코 입 너머로 먼 미래의 이별을 미리 겪는 것. 매번 새롭게 이별하는 것. 그리고 침묵.

나는 바다 앞에 서 있다. 수평선을 절벽이라고 믿었던 옛날 사람들과 같은 마음이 된다. 나는 내용 없는 빈 중심이 된다. 하나씩, 접속사들을 꺼내 적어본다.

나는 눈이 내리는 것을 본다. 하얗게 공중을 흔드는 눈송이들이 닿는 순간 사라진다. 부지불식간에 천년이 흐르는 것을 본다.

-「고백놀이」일부

산책자는 끊임없이 '사이'를 인식한다. 시인은 '사이'를 인식하며 존재에게 끝없이 일어나는 일들과 그것을 아는 것이 불가능하다는 절망에 사로잡힌다. 시인은 "거대한 색을 움켜쥐고 있는 물속의 나무를" 바라보고 있다. 물속의 나무가 "온몸을 뒤흔들며 중얼대는 것"을, "한 단어를, 하나씩 꺼내, 조용히 읊조리는 것을" 엿들으면서 "하나씩 떨어진 눈송이들이 심해에 다다를 때까지 그런 리듬으로" 자신을 성찰한다. "원인을 알 수 없는 것이 세상의 일"이며 "어떤 일들은 스스로 알지 못하는 상태에서 파격으로 일어나며 존재에게 끝없이 영향을 미친다"는 사실을 마주한다. 우리는 그저 "짐작하며 조금씩만 가까이 다가갈 수 있"을 뿐이다. '안다는 것'과 '이해'가 불가능한 것임을 깨달은 시인은 절망한다. 이해는 불가능의 영역이다. 이해를 돕기 위해 쏟아내는 무수한 말 가운데 왜곡되거나 이해되지 않음이 다시 생겨나고 그 틈을 메꾸고 이해시키기 위해 더 많은 말들을 쏟아낸다. 그러나 완전히 채우는 것, 즉 이해는 영원히 불가능하다. 시인은 절망한다. 상징과 관념이를 사용하고 반복과 나열, 무수히 많은 말들을 쏟아내도 '인다는 것'과 '이해한다는 것'이 불가능한 것임을 아는 그 순간 절망의 상태에 갇히기 때문이다. 이해되는 즉시 이해되지 않는 세계가 도래한 것처럼, 절망의 끝에서 다시 절망이 시작되는 것처럼 절망을 마주해야 하는 시인은 이제 "모두가 죽었으면 좋겠어/모든 게 사라지면 좋겠어// 무서운 속도 무서운 속도 무서운 속도 무서운 속도 무서운 속도 속에서 무서운 속도 무서운 속도 무서운 속도 무서운 속도로 무서운 속도 속에서 무서운 속도 무서운 속도 무서운 속도 무서운 속도로"(「비좁은 원」), 바라면서 "이해할 수 없는 일들은 이해할 수 없는 일들로 두자"(「조롱」)고 말한다. "우리가 목도한 것은 세계의 모든 문이 동시에 열리는 순간/열리는 동시에 굳게 닫혀 있는//숲/ 그리고 영원"(「1g의 영혼」)이다. 시인은 "나는 모른다네"(「어려운 일들」) 고백한다. 이는 '사이'의 관찰을 통한 사유임을 알 수 있다. "무엇을 말할 수 있을까"라는 화자는 자연이 읊조리는 무수한 말들, 무수한 표현들에 "의기소침해진다." 화자는 "더듬거리며 고백할 수 있을 뿐이다. 내가 지켜보는 풍경을." 산책자는 사이의 풍경에 '침묵'할 뿐이다. 침묵은 자연을 배우는 방식이며 감각을 간직하는 것이다. "닿는 순간 사라지는" 눈송이조차 "천년이 흐르는" 유구한 세계의 '코어'였던 것이다. '사이'의 사유를 통해 시인에게 비로소 시로 쓰지 말아야 할 것은 산책자의 눈에서는 오히려 쓰일 것들이 된다. 시인은 낯선 것을 시로 쓰는 게 아니라 일상에서 낯섦을 발견해 끌고 오는 자이기 때문이다. '사이'의 사유를 통해 시인에게 비로소 시로 쓰지 말아야 할 것은 산책자의 눈에서는 오히려 쓰

일 것들이 된다. 시인은 낯선 것을 시로 쓰는 게 아니라 일상에서 낯
섦을 발견해 끌고 오는 자이기 때문이다. 시인은 '사이'를 견지하다가
"목도한 세계의 모든 문이 동시에 열리는 순간"(「1g의 영혼」) 말할 수 있
는 것이 없음을 깨달았다. 시로 쓰여진 것들이 '이해'를 위해 약속대로
쓰이고 있지만, 기표가 기의를 충분히 담지 못한다는 것을 깨닫게 된
것이다. 개념으로만 끝장난 풍경에서 시인이 '목도한 세계'를 '갈겨'
씀으로 현장성을 드러내며 유한한 인간의 언어와 존재의 앎의 한계를
사유한다.

파국의 사회와 언어를 통과하면서

　예술가가 영원한 진리를 갈구하면서도 자기 주위에서 이어지고 있
는 것을 목격하지 못하지만(벤야민,『도시의 산책자』, p51) 산책자는 '사이'에
몸을 포개어 감추고 있는 것들에 눈길을 주는 사람이다. 백은선에게
시적 화자는 예술가 자신을 투영시킨 시인 자신이 아니라 세계를 목
격하는 산책자이자 목격자이다. 시인은 기표에 하나의 기의가 담아내
는 세계가 존재와 자연을 '이해' 할 수 있을지 의문을 가진다. 시인은
과잉의 방식으로 '소진'되어 감을 택한다.

　　언어에 대해 쓰려고 했지
　　언어라고
　　언어를 안다고
　　언어를 언어에게 가져가

무지막하게 벌어져 있는
이 틈으로

쌓여가는 모래
쌓여가는 모래
모래

살아 있는 것들을 생각하니
유쾌할 수가 없었다

이제 이해하려고 하는 것에 대해
전부 말하고 싶었지만
아무 말도 할 수 없었지

그런 상태를 선회하는 날개같이 느꼈다

－「네온사인」일부

　시인이 "언어를 안다고" "언어에 대해 쓰려고" 할 때 "쌓여가는 모래"처럼 글이 쌓여만 간다. 그러나 "이해하려고 하는 것"에 대해 말하려고 할수록 "아무 말도 할 수 없"는 자신을 발견한다. 마치 "선회하는" 것처럼. 소통은 불가능하다는 것을 인식하지 못하는 데 있다. 시인은 '소통' 자체가 불가능한 시대를 인지했다. 그리고 시인은 소통을 시도하며 무수히 많은 말을 '갈겨' 씀으로 자신을 소진시키고 있다. 시인의 절망은 '사이'의 주시에서 획득된 것이다. 시인은 '사이'를 주시하다가 우리가 바라보는 자연물의 '부지불식간', '순간', '찰라'의 변화가 천년의 결과물인 사실(「고백놀이」)을 깨닫게 되면서 자연의 모든 문이 쏟아내는 의미를 언어가 담아내지 못하는 데에서 절망을 포착한다. 다음 시인은 '우리'라는 사회가 소통과 이해를 위해 만들어 둔 관념어가 오히려 바벨 '탑'에 갇힌 소년·소녀들을 만들었고, 자연과 불통하는 존재로 만들었다고 보는 데에서 유래하는 절망이다. '우리'라는 개념 역시 변질되고 왜곡되어 고통을 주는 주체로 전락했다면서 '우리' 이전의 우리로 돌아가기를 촉구한다. 이러한 시인의 절망은 '흔적'으로 남아 아무리 멀리 떨어져 있더라도 자주 복고復古 되는 현상이 되었다.

소통의 새로운 방식으로 시인이 택한 방식은 감각으로 이들의 소리와 장면을 목격하는 것이다. 백은선은 "바람과 시야를 부옇게 만드는 기후 몇 개의 발자국"을 시적 "준비물"(「목격자」)로 삼는다. 「목격자」에서, 화자는 온 감각을 무대에 초대해 극을 완성한다. "청각으로만 청각을 완성하는" 여름 '숲'을 배경으로 하는 연극의 대본을 완성하겠다고 선언한 화자는 배경이 되는 '숲'을 관찰하고 숲의 끝에 놓인 '나무'를 살피고 나아가 "나무와 나무 아닌 것 사이에 있는" 것을 바라본다. 화자는 이제 무대 위에 '귀'를 풀어내고 "나의 청각에 대해, 나는 내가 생각할 수 있는 만큼만 생각"하기로 정한다. 이후 화자는 "쫑긋한 귀들을 줄지어" 퇴장시킨 뒤, '혀'를 등장시켜 "잎사귀들 떫은맛"을 느끼게 하고 "물속에서 총이 발사"되는 것 같은 몸의 감각을 묘사한다. 산책자는 자신의 감각을 열어두고 보고 들은 바를 받아적는 존재인 셈이다. 자연을 직접 보고 듣지 않고도 자연을 노래하는 시대는 얼마나 비루

한가. "우주는 커다란 소리굽쇠"(「가능세계」)인데, 우리는 "좁은 방에 무릎을 맞대고 앉아 고도와 조수간만의 차와 형이상학에 대해 밤새 떠들고 떠들다 지쳐"버리거나 "이런 문장은 위험하니 쓰지 말라"는 말을 들을 뿐이다. 시인은 그저 "가만히 누워 가만히 벤치에 누워" 하늘을 보며 터무니없이 낮은 그리고 상상할 수 없을 만큼 아름다운 날씨를 보며 "날씨는 어이없구나" 말하면서 "총력을 다해 할 일 없는 하루/하루, 하루, 하루 지나가는 손목들 붙들고 싶다 터무/니없는 것을 시작하고 싶"(「가능세계」)다. "방의 한계"에서 벗어나 시인은 "담아내고 싶"다. "숲의 창백과 바다의 권태 손/목은 병렬 비 내리는 음가 지워질 광경들 광경이라/는 말을 달아주겠다 밀봉해서 꼭 끌어안아 터뜨려버/리고 싶"을 뿐이다.

　　모두 서로 배반할 거라고 맨 뒷장에 씌어져 있었지

　　우리는 기다린다

　　우리가 서로를 죽이기 전에

　　너희가 서로를 죽이기를

　　떠오를 때는 가라앉는 느낌도 들곤 해

　　저 산산이 부서지는 아름다운 창들을 보렴

이토록 커다란 텅 빔을

끝이 끝과 연쇄하는 꼴을

…

나는 끝까지 말하지 않았어
우리라고

－「밤과 낮이라고 두 번 말하지」 일부

　많은 장시 가운데 하나인 「밤과 낮이라고 두 번 말하지」는 제사題辭
가 붙어 있는 한 소녀의 일기이다. 소녀는 삼차 세계대전에서 살아남
은 생존자로 공동 셸터에 살고 있다. "아홉 살에 반복적인 망상과 발작
으로 내원했고" 결국 "열다섯이 되던 해 병동에서 투신했다." 안과 밖
이 모두 폐허인 상황에 '나'라는 소녀는 방 한가운데 놓인 '철창'을 바
라보는 존재이다. 이상적인 감옥인 판(pan '본다')-옵티콘(제레미 벤담)처
럼 '비좁은 원'(「비좁은 원」)으로 설계된 '철창'이 "방 한 가운데 놓여 있
다." "누가 무엇을 하는지 잘 지켜볼 수 있도록 잘 보고/서로가 자리를
비웠을 때에도 누군가 이야기를 전해/줄 수 있도록" 놓여 있는 그 철
창 안에는 사냥꾼이 잡아 온 아이가 제물처럼 갇혀 있다. 크기만 다를
뿐 겹겹이 포개진 축소된 사회와 소속에서 우리는 얼마나 '나'와 '너'
사이에 놓인 것을 지켜보고 침묵했는지 시인은 지적한다. 우리는 철
창 속의 "두 아이가 미친 듯이 서로를 두들겨 패는 모습"을 지켜보았
다. 우리는 어쩌면 "우리가 서로를 죽이기 전에/너희가 서로를 죽이기

를" 바라는 마음으로 세상을 살아가고 있는지도 모른다. 화자는 "철창 안에 철창이 있고 철창 밖에 철창이 있"는 곳에서 우리가 살고 있음을 보여주고 있다. "끝까지 말"할 수 없는 "우리" 사회 모습이다. "사냥꾼이 두 아이를 철창에서 꺼"내 "더 마르기 전에 끝장을 내"려 하는 약육강식의 모습과 "그 눈을 내게 줘요 그 눈을 내게 줘요"라고 부르짖는 잔인성이 존재하는 사회이다. "여자가 점점 크게 눈, 눈, 눈 하고 외쳐댔"고 "너는 가만히 무릎을 끌어안고 있었"고 "나는 귀를 틀어막고 옥상으로 갔"다. "나는 물에 잠긴 어두운 도시를 바라봤"고 "나는 무섭다 나는 나라는 말이 무섭고/네 서툰 다정함이 무섭고/서로를 끌어안고 울던/ 두 아이가 미친 듯이 서로를 두들겨 패는 모습을 지켜봐야만 한다는 게/ 그걸 적어놓기 위해 일지를 펼치는 나의 두 손이" 무섭다. 화자는 시대의 목격자이다. 일지에 적힌 '나'의 내용은 보고 들은 시대의 증언인 셈이다. "모두가 죽었으면 좋겠어/모든 게 사라지면 좋겠어// 무서운 속도 무서운 속도 무서운 속도 무서운 속도 무서운 속도 속에서 무서운 속도 무서운 속도 무서운 속도 무서운 속도 무서운 속도 속에서 무서운 속도 무서운 속도 무서운 속도 무서운 속도로"(「비좁은 원」), "나는 그 자리에서 죽어버렸으면 하고 바랐다 침묵과 함께/끝장나고 싶었다//우리가 목도한 것은 세계의 모든 문이 동시에 열리는 순간/ 열리는 동시에 가장 굳게 닫혀 있는//숲//그리고 영원이지//…//끝나는 소리//세계가 순식간에//무너지는 소리"(「1g의 영혼」)은 절망의 숲(세계)이 "슬픔의 연쇄"를 만들고 "그 무게가" "병들게 하고 눈멀게 했"다고 말한다. 끝없는 절망의 파국 시대를 살면서 '나'는 '너'와 함께 '우리'가 건설한 세계 속에서 파멸됨을 알 수 있다. 파국의 땅에서 시인이 바라는 것은 리셋(Reset)이다. "시작과 끝은 맞물려 있"(「파충」)기 때문이다. 끝과 맞닿은 처음처럼 "끝장났으면 좋겠"(「가능세계」)다는 시인의 바람은 "오히려 새로운 시작을 간절히 원하는 것이다. 그것이 '가능한 세계'를 꿈꾸는 것이다.

해체, 재건 가능한 세계

'가능세계'는 절망 속에서 세계의 형식을 모두 소진하고 마침내 '사이'의 사유를 통해 '나'와 '너'의 관계를 그리고 탕진된 언어를 감각으로 더듬어 나가며 새로운 시작을 꾀하는 희망의 메시지이다. 시인은 시의 형식을 깨고 일상어로 시어를 나열함으로써 너무 말이 많다는 소리를 듣는다. 이는 2000년대 이후 한국 시의 특징일 수도 있는 감각적이고, 난해하며 반복과 나열이 백은선의 시에서도 빈번하게 사용되어 있기 때문일 것이다. 이로 인해 백은선의 시를 가리켜 자동기술법으로 쓰인 시다, 혹은 즉흥시라는 말을 듣기도 하지만 사실 시인은 "문장을 숨기는 방법"(「콜 미 바이 유어 네임」)으로 많은 말들을 "그냥 두는 거"를 택한 것이다. 어차피 다 알지 못할 바엔 관념어에 숨겨진 무수히 많은 감각을 그냥 풍경이 되도록 하고 이를 아무도 눈치채지 못하게 하는 것이 차라리 '시'라고 믿기 때문이다.

현대시 작가 반열에 있는 백은선의 시는 동시대 시인들과 다소 다른 면을 보인다. 현대시가 탈현실화, 탈개성화에 뿌리를 내리고 난해, 모호, 감각, 환상으로 향한다는 면에서는 백은선도 동류로 볼 수 있지만 어떤 내적 논리의 결여에서 기인한 모호와 난해가 아니라 백은선은 삶의 다면성에 관한 깊은 성찰과 직관이 수반된 모호, 환상, 난해, 내적 사유라는 점에서 결을 달리한다. '사이'의 사유나 '우리'라는 결속 관계가 부리는 가학성을 살핀 부분, 그리고 현대시라는 네이밍을 획득한 형식과 논리가 타당한가를 고민하면서, '말해진 것'과 '말해지지 않은 것' 사이를 사유하기 때문이다. 백은선은 마침내 지시 대상에 관해 말해지지 않은 것을 충분히 말함으로써 소통을 꾀하려 했지만, 개념으로 마비되고 논리적이고 입체적인 사고가 부족한 현대인에게 소통은 실패를 의미할 뿐이다. 개념어, 관념어, 형식과 틀은 소통을 향하거나 시를 시답게 만들지 못하고 오히려 시인의 필수적 요청되는 자유로움을 가리는 엄폐물이 될 수 있다는 것을 의미할 뿐이다.

이제 시인은 '해체'를 촉구한다. 대상 하나가 유구한 세월 속에서 같은 대상인 듯 보이지만 수천 개의 모습을 지니고 있듯 다양한 이미지들을 열거하고 다의적 의미를 탐사할 수 있도록 해석자의 손에 맡기는 작업을 하려 한다. 우리는 언어가 소통 '가능'한 수단이라고 믿으며 그런 신화 속에서 언어라는 기호를 사용해 우리의 욕망을 텍스트 안에 둔다. 이것은 이후 환원될 수 없는 표시가 되고 마침내 형체를 이루면서 우리를 묻어버리는 '무덤'처럼 되고 만다. 이에 우리는 텍스트라는 거미줄 속에서 길을 잃게 되는 셈이다. 다시 말해 화자의 고백처럼 언제나 "우리는 관념 속에서 시작"하고 그 "관념 속에서" 무수한 것을 정반합으로 회전시키거나 튀어 오르게(「저고」) 한다. 언어가 절대적인 기호가 될 수 있다는 신화를 믿으면서. 그러나 이 같은 사고는 언어의 이해 가능성이라는 위험을 내포하게 된다.

사실 개념의 해체는 어떤 모호함을 파생시키는 것이 아니다. 모호성의 해석 차원에 인계된 시인의 강력한 소통의 방식이다. 그저 시인은 '일그러진 현실'(황지우)을 직시하려는 태도를 형식으로 담아내고 있는 셈이다. '나'와 '너'의 부재 가운데 '우리'라는 주체의 목소리에 갇힌 사회, 불통의 사회를 인식하고 형식과 개념어에 갇힌 총체적 부조화의 모순을 수용하면서 알레고리적으로 풀어내려는 것이다. 시인에게 처음과 끝이 연결되어 있다면, 끝장나야 비로소 새로운 시작이 태동이 되고 불통은 소통이 될 테니까 말이다.

삶 속에서 빛나는 예술을 발견하고
묻고 쓰겠습니다

당선 연락을 받은 날까지 한 열흘 정도 자다 깨다를 반복한 것 같습니다. 몇 페이지 빼먹고 원고를 보낸 것 같은 기분이 들거나 완성본이 아닌 수정본을 보낸 것 같다거나 주소를 잘못 쓴 것 같다거나 연락처를 잘못 썼다는 등의 악몽이 끼어들곤 했습니다. 그런 후에 당선 소식을 접해서인지 어리둥절하면서도 그 기쁨은 두 배로 다가옵니다.

제가 주목했던 작가들의 삶은 세상의 틈을 읽어내느라 분주하고 예민하고 고독했습니다. 그들의 시선과 언어를 따라가면서 저와 다르지 않은 사람이 세상에 존재했다는 사실에 환호하고 동질감이 들었습니다. 이후 그들처럼 글을 쓰는 사람이 되고 싶다고 생각하며 지냈던 것 같습니다. 제 인생의 분기점은 이렇게 문학과 조우하면서 시작되었습니다.

영문학을 만난 이후 국문학을 전공으로 택하면서 다시 한번 글 쓰는 이가 되고 싶다는 바람이 스며들어왔습니다. 평론가가 되고 싶다는 생각을 했습니다. 고흐가 발견한 낡은 신발 하나가 작품이 되는 것은 '물질'과 그에 따른 '해석'을 통해서라는 아서 단토의 말은 제게 큰 자극이 되었습니다. 한때 예술의 속성으로 여겨졌던 것들이 아우라를 상실해가고 있더라도 삶 속에서 반딧불이처럼 빛나는 예술을 발견하고 묻고 쓰는 사람이 되겠습니다.

부족한 글임에도 제 삶에 큰 의미를 부여해주신 심사위원 선생님들께 먼저 머리 숙여 큰 인사를 드립니다. 삶이 글이 되도록 이끌어주신 지도교수님과 큰 가르침을 주신 동국대학교 국문과 교수님들께도 감사드립니다. 잘 키워주신 엄마 김성자 여사와 제 가슴에 늘 살아계신 아버지 감사합니다. 아버지를 대신해 큰 짐을 졌던 동생 영주와 경아에게도, 하나뿐인 조카 젬마와 세상에서 가장 사랑하는 아들 김지환과 배우자, 항상 큰 도움과 응원을 보내준 선생님들께도 특별한 감사를 보냅니다. 희망과 온기 가득한 글을 쓰는 사람이 되겠습니다.

'백은선 詩'의 꼼꼼한 읽기 통해
문제의식 구체화하는 노력 돋보여

1930년대의 작가 이상에서부터 올해에 첫 작품집을 출간한 신예에 이르기까지 응모작들은 다채로웠다. 한국문학에 대한 애정과 고민을 진지한 언어로 담아내고 있었고 작품들을 새로운 관점에서 독해하고자 하는 열정으로 가득했다.

5편을 본심 대상으로 선정했다. 김초엽 소설의 젠더적 의미를 고찰한 '경계 너머의 빛', 백은선 시에 나타나는 난해함의 문법을 들여다본 '난파와 해체를 넘어 인간 재건과 복원을 열망하는 언어', 젊은 소설가들의 작품에 등장하는 영화의 매체적 성격을 고찰한 '부귀영화 전성시대', 배수아 소설을 들뢰즈의 이미지론과 겹쳐 읽은 '무한대의 즉흥극과 착란의 왕', 백은선 시에서 접속사 부재가 갖는 의미를 읽어낸 '접속사의 삶'이다. 비평적 문제의식을 날카롭게 제시하는 글들이어서, 읽기엔 즐거웠지만 심사는 고통스러웠다.

백은선 시에 등장하는 난해함이 한국사회의 시대적 고민을 반영하는 과정에서 나타난 언어이며, 그의 언어는 파국과 해체를 넘어 인간

의 복원을 욕망하고 있음을 섬세하게 고찰한 '난파와 해체를 넘어~'
를 수상작으로 선정했다. 작품에 대한 꼼꼼한 읽기를 바탕으로 자신의
문제의식을 구체화하고자 하는 노력이 돋보여서, 눈길이 한동안 머물
렀다. 축하의 말씀을 전한다.

심사위원- 김동식(문학비평가)

2022 신춘문예 당선 평론집

초판발행   2022년 1월 20일
지 은 이   황유지 외 8인
발 행 인   노용제
기   획   정은출판 기획부
발 행 처   정은출판
등록번호   신고 제301-2011-008호(2004. 10. 27)
주   소   04558 서울시 중구 창경궁로1길 29. 3F
전   화   02)-2272-8807, 02)-2272-9280
팩   스   02)-2277-1350
홈페이지   www.je-books.com
전자우편   rossjw@hanmail.net
I S B N   978-89-5824-446-2 (03810)